ELLE

roman en vers

suivi de :

LES AMIS

COMÉDIE EN QUATRE ACTES ET EN VERS

PAR

Un ancien Journaliste.

PARIS, — 1854.

IMPRIMÉ PAR DUBUISSON ET COMPAGNIE,

rue Coq-Héron, 5.

ELLE

roman en vers

SUIVI DE :

LES AMIS

COMÉDIE EN QUATRE ACTES ET EN VERS

PAR

Un ancien Journaliste.

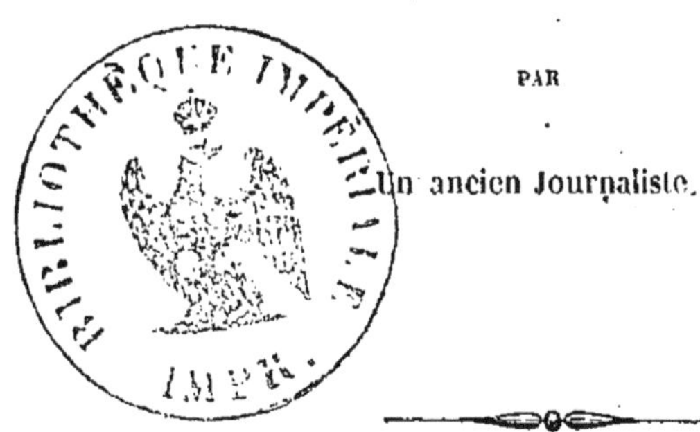

PARIS, — 1854.

IMPRIMÉ PAR DUBUISSON ET COMPAGNIE,
rue Coq-Héron, 5.

ELLE

ROMAN EN VERS.

Et cet amour heureux immole le bonheur!

Pourquoi pas un *roman en vers?* — Hélas ! c'est
que le vers est cruellement dédaigné aujourd'hui.
Hormis deux ou trois poëtes — qui ne font plus de
vers, — ceux qui aspirent à ce doux nom sont ba-
foués. Au rebours de l'écrivain accablant de sa
prose, ils n'ont ni éditeur, ni lecteurs, ni public.
Aussi, ceux d'entre eux qui sont sensibles à l'épi-
gramme se cachent-ils pour écrire, ou voilent-ils
leur nom — s'ils publient.

Encore quelques années, et, si un grand poëte
n'apparaît pas pour relever cette belle langue —
longtemps appelée la langue des dieux, — le vers ne
sera plus qu'un lambeau d'antiquité, sur lequel
s'exercera — comme sur un palimpseste retrouvé —
la science archéologique.

Si j'avais encore l'honneur de tenir une plume de
critique, je m'efforcerais de combattre ce *dégoût* du
vers, qui me paraît être la décadence de l'esprit.

1.

Il est vrai que ce siècle étrange est fort peu poé-
tique. — Le prosaïsme le plus grossier, fondé sur
l'égoïsme le plus brutal, est le caractère de ces nouveaux « scribes et pharisiens (je ne dis point *Pari-*
» *siens*), semblables à des sépulcres blanchis, dont
» le dehors paraît beau, mais dont le dedans est
» plein d'ossements de morts et de toute sorte de
» pourriture (1). »

En un mot, on ne rêve plus, on jouit !

On n'aime plus, on désire !

L'homme, ce n'est plus l'âme, c'est le corps !

Je livre donc (sous le voile qui me protége) aux
railleries du corps les rêveries de l'âme...

Rêveries rapides, et dont la concision — en mé-
nageant l'ennui — peut atténuer le dédain de la
forme.

Je le souhaite sans l'espérer.

----

(1) St-Matthieu, ch. **XXII**.

I.

IL PATIBOLO.

Le jour naissait. Turin, plongé dans son sommeil,
Se dorait des premiers rayons d'un beau soleil;
La cloche des couvents mêlait son chant sonore
Au doux chant de l'oiseau qui saluait l'aurore;
L'Éridan, humble et morne, aux flots silencieux,
Attendait la clarté plus splendide des cieux
Pour porter lentement au pied de la Madone (1)
La barque de l'amour où le baiser bourdonne. .
Heureux groupes d'amants qu'enflamment les désirs,
Et qui, voguant ainsi, préludent aux plaisirs
Que la *trattoria*, souriant au rivage,
Bientôt rendra plus vifs sous son discret ombrage...

Je marchais, contemplant l'horizon coloré
Par l'heure qui fuyait, d'un ton plus empourpré.
Le couvent *del Monte*, qui domine la ville,
Se mirait égayé dans le fleuve tranquille;
Et, la bourse à la main, le moine mendiant (2)
Descendait sa colline en priant... ou riant...
Tandis qu'à l'autre point, l'altière nécropole
Des princes du Piémont dessinait sa coupole
Sur l'azur chatoyant du firmament joyeux,
Comme le front géant d'un Titan radieux (3)...

C'est là que le vaincu de Novare repose :
Son tombeau qu'on vénère est une apothéose !
On gravit Superga pour couronner de fleurs
Ce roi découronné dont le froc but les pleurs !
Il voulait l'Italie, il a conquis la tombe !
Le vainqueur d'Austerlitz, près du Kremlin succombe !...
Vaines leçons !... — Mon Dieu ! la leçon va sortir
Du gibet qui là-bas appelle son martyr :
Cet homme a trop aimé... L'amour l'a fait infâme :
Pour être à sa maîtresse, il a tué sa femme !...
Il va mourir : la loi le frappe sans pitié...
Et quand nous aurons vu son amour expié,
L'éprouverons-nous moins, ce sentiment terrible
Qui transforme en salpêtre un élément paisible,
Et qui, nous étreignant de feux impétueux,
Moule le criminel dans l'homme vertueux ?
Non ! nous serons encor ses fatales victimes !..
Ce sont les passions qui produisent les crimes !
Et pour les passions il n'est point de leçons :
L'œil fermé, le cœur sec, nous leur obéissons !...

Mais la foule se presse au seuil des basiliques
Où le martyr entend les prières publiques.
Lui-même, agenouillé sur l'affreux tombereau,
Il prie... en s'appuyant au bras de son bourreau !...
Ainsi, pendant une heure, à pas lents, on le traîne,
Et rien ne vient troubler sa figure sereine :
Ni la station morne au portique sacré,

Ni l'hymne des mourants sourdement murmuré,
Ni le camail de deuil qui vêt le saint ministre,
Ni les fanaux où tremble une lueur sinistre,
Ni la bannière noire offrant au condamné,
De la Mort qui l'attend le portrait décharné,
Ni les Frères pieux de la Miséricorde,
Dont l'un tient le couteau qui coupera la corde
Quand le *patibolo* ne balancera plus
Qu'un cadavre à jeter à l'obscur tumulus,
Tous vêtus du froc noir à la noire cagoule :
Procession lugubre épouvantant la foule !...
Lui seul, le patient, lève un regard calmé :
« Tu seras pardonné pour avoir tant aimé... »
Sans doute cette voix résonne à son oreille,
Car le sourire éclôt sur sa lèvre vermeille !
Il est jeune : trente ans sont à peine écoulés ;
Ses bruns et longs cheveux, par le vent ondulés,
Flottent sur un front large aux veines expressives,
Qu'éclairent ses yeux pleins de ses passions vives...
Il ne pouvait aimer, il devait adorer !...
Et l'ardeur est si prompte à nous déshonorer !...
Un reflet de ce culte, hélas ! anime encore
Ce front où l'œil déjà voit le ver qui dévore !

Le cortége a marché... L'on touche au *circolo* (4)
Où vient de se dresser l'humble *patibolo*,
Homicide instrument, simple autant que barbare :
Deux poteaux écartés, liés par une barre,

Une corde nouée, une échelle debout,
Pour tuer par la main du bourreau, voilà tout!

La victime avançait... Le bois blanc de sa bière,
Où le soleil dardait sa riante lumière,
Apparut à ses yeux, et, malgré lui, son corps
Eut le frisson qu'aurait un vivant chez les morts!...
C'était lui qui, sortant du sépulcre, au contraire,
Visitait les vivants sous un mondain suaire...
Il se remit... L'oiseau chantait sur l'arbre en fleurs;
Le soleil irisait de ses chaudes couleurs
Les pics — diamantés sous le feu d'étincelles
Que renvoyaient au ciel les neiges éternelles —
Des Alpes, qui servaient de cadre à ce tableau,
Digne du noir pinceau d'Esteban Murillo!

Tout s'arrêta... La mort approcha seule... L'âme
Tressaillait de terreur à ce sauvage drame...
Le patient avait gravi les échelons;
La corde sur sa chair imprimait ses sillons...
Le bourreau le lança comme une lourde masse,
Et le corps suspendu frémissait dans l'espace...
Et le bourreau, ployé sur la barre, foulait
De ses pieds vigoureux ce cou qu'il étranglait!...
Hideux spectacle, où tout confond l'esprit et navre!...
Enfin l'on détacha le livide cadavre,
Et le prêtre, entonnant le psaume du néant,
Transporta ce débris à son tombeau béant...

Ainsi, d'un sombre amour victime repentie,
L'assassin, en mourant, forçait la sympathie !

Et quand il étouffait sous le pied du bourreau,
On avait vu, derrière un quadruple barreau,
Une face de femme à la ride précoce
Envoyer son sourire à cette mort atroce...
Qu'était-ce que ce front par la douleur pâli ?
Ces mots : *Ospedale dei pazzerelli* (5),
Burinés au fronton du moderne édifice
D'où le rire partait à l'aspect du supplice,
Et surtout cet œil fauve, illuminé, hagard,
M'avaient dit qu'une folle était sous mon regard.
J'interrogeai... C'était encore une victime
De cette passion dont le joug nous opprime !
Elle aimait... Pauvre femme !... Et son cœur délaissé
Brisa par le chagrin son esprit insensé...
La démence acheva son œuvre déplorable,
Et l'hôpital des fous accueillit l'incurable !...

O véhément amour, fougueuse passion !
Voilà fatalement votre conclusion :
La folie ou la mort !... — Mais dans les catacombes,
Mais auprès du geôlier des souterraines tombes,
Allons puiser encore une amère leçon...
Et qu'enfin cet amour s'immole à la raison !

II.

LES CATACOMBES.

J'avais suivi le prêtre au lointain cimetière
Où l'être humain allait redevenir poussière.
La fosse était creusée, et déjà le cercueil,
De cet abîme ouvert avait frôlé le seuil,
Quand un soupir sorti de la poitrine morte,
Du fossoyeur lui-même ébranla l'âme forte...
Le cercueil est brisé... Le douteux trépassé
Sur une chaude couche est mollement placé ;
La corde que son cou tient encore est rompue,
Et l'air rend aux poumons la vie interrompue...
Il respire, en effet... Mais, inutile effort !
Après l'inerte vie il rentre dans la mort,
Et pour l'éternité ce Lazare d'une heure
Se couche cette fois dans la froide demeure (6)...
Qu'eût-on fait si le sang plus actif eût rendu
La véritable vie aux veines du pendu ?
Aurait-on redressé la honteuse potence
Pour stranguler aussi sa seconde existence ?
Ou, d'un divin pardon saintement convaincu,
L'homme aurait-il fléchi : l'amant eût-il vécu ?
Hélas ! l'homme est parfois si dur en sa vengeance,
Que l'esprit peut douter d'une juste indulgence...

Au *cimiterio* des *giustiziati* (7)
Touche un lourd monument funèbrement bâti.
D'un parallélogramme il emprunte la forme ;
Un blanc de chaux revêt sa muraille uniforme,
Cadre sans ornement d'un gazon plantureux,
Abondamment nourri d'un suc cadavéreux.
La chapelle modeste au muet campanile,
Achève d'accuser le funéraire asile...
C'est, en effet, la mort qui l'habite... Un vieillard
Au front osseux et blême, au lumineux regard,
Fantôme errant, vit seul au milieu de ces tombes :
De Saint-Pierre-aux-liens (8) ce sont les catacombes.
J'entrai... Le saint gardien me fit un doux accueil,
Et bientôt me guidait dans l'immense cercueil.

A Bordeaux j'avais vu le caveau mortuaire
Où le spectre a gardé la peau sous le suaire,
Parchemin cutané que la mort a bronzé,
Par cette même mort débris éternisé,
Naturelle momie, enfin, où l'agonie
Trace encor ses douleurs sur la face brunie :
Un groupe tout entier, brûlé par le poison,
Se tord, — et sur la peau serpente le frisson ;
Un corps plus contracté, réveillé dans sa fosse,
Sur lui-même, — affamé, — porte une dent féroce ;
Un autre laisse voir l'orifice béant
Du trou que fit au sein la balle en le tuant ;
Un cadavre plus « frais » en attristant repose :

La mort n'a qu'à demi terni sa lèvre rose,
La peau fine, au toucher, révèle son satin :
C'est une jeune fille éteinte à son matin ;
Elle semble dormir, et d'un baiser pudique
On voudrait réveiller la dormeuse angélique....
Tous ces corps, appuyés sur la pierre du mur,
Se dressent, sans linceul, dans l'hémicycle obscur,
Et quand le cicerone éclaire ces ténèbres,
On est prêt à parler à ces hôtes funèbres (9) :
Spectacle singulier, où la vie et la mort
Luttent d'invraisemblance ; — où l'homme expiré dort !...

À Paris l'ossement des cryptes sépulcrales
Se découpe en festons, se déroule en spirales.
Les os amoncelés, exhumés des charniers,
De ces champs souterrains bordent les froids sentiers,
Où la tête de mort artistement ricane
Aux éclairs du flambeau que reflète son crâne !

Ici, dans ces caveaux du saint *in cœmeth*,
Le corps, dans le granit, repose enseveli.
Cependant le maçon réparait une arcade
Le jour où j'y faisais ma sombre promenade,
Et mon doigt put toucher des squelettes pourris
Par le suintement de ces gypseux lambris.
L'épaisse humidité glace dans ce dédale,
Et le pied s'en imprègne en marchant sur la dalle.
J'avançai.... Les cercueils, dans la pierre enchâssés,

Sont symétriquement l'un sur l'autre placés;
Des anneaux séparés les groupent en famille,
Et, veuve d'ornements, la sévérité brille :
C'est un monde de morts dans le même tombeau.
Pour l'asile du deuil, le simple, c'est le beau!
Le luxe du décor scandaleusement crie
Sur la tombe fermée où la Piété prie :
Ou bien, parant la cendre avec un soin mondain,
Pour cette Piété l'on trahit le dédain!
Paris, en érigeant ses pompeux cimetières,
Prouve son goût de l'art et non pas ses prières.
Hélas! Turin l'imite, et son *Campo-Santo* (10)
Sollicite aujourd'hui l'artistique marteau :
Le marbre ciselé des nouveaux cénotaphes
Richement s'y marie à l'or des épitaphes :
C'est brillant, c'est coquet.... Mais l'âme, vers les cieux,
Du fameux monument s'envole-t-elle mieux?....
Oh! combien je préfère à la tombe superbe
La tombe où l'humble fleur diapre le brin d'herbe;
Combien je suis ému dans ce champ du repos
Où les morts du village ont entassé leurs os :
La bière s'est rompue, et la terre affaissée
Sur le néant visible évoque la pensée!
Vos marbres éternels, conservant leur niveau,
Me disent seulement qu'ils couvrent un caveau :
Non, ce n'est plus la mort; c'est la vie abritée
Contre les ouragans dont elle est tourmentée!

Mon esprit se perdait dans ses réflexions
Sous ce dôme muet des désolations...
Mon regard décela l'étonnement, sans doute,
Et la voix du vieillard troubla la calme voûte :
« De ces caveaux, dit-il, vous paraissez surpris :
Ce n'est donc point ainsi qu'on inhume à Paris?
— Non, répondis-je : on met le cercueil dans la terre,
Ou dans un trou profond, sur la dalle, on l'enterre,
Et nul ne le revoit. — Mais on n'aime donc pas
A Paris? » répliqua le geôlier du trépas...
Il avait dit ces mots d'une voix juvénile;
L'éclair illumina son front hâve et sénile,
Et je crus dans ses yeux lire des passions
Qui brûlaient en dépit des macérations...
« Oui, reprit-il, ici l'on aime : on peut entendre
La voix de l'être cher qui vient là nous attendre !
L'oreille en s'appliquant sur ce granit poreux,
Recueille avec amour un soupir amoureux,
Et la lèvre elle-même, à ce granit collée,
Vole avec un baiser la vie au mausolée ! »
Non ! jamais un tel feu d'accent et de regard
N'avait frappé mes sens... Mais soudain le vieillard,
Rappelant ses esprits, regardant sa soutane,
Rougit, comme un enfant, de sa clameur profane,
Et, courbant dans sa honte un front plus recueilli,
A la fois réclama mon pardon... et l'oubli...
« Oubli, pardon, lui dis-je : eh ! pourquoi? Non, mon père
Daignez me retracer ce qui vous désespère...

Ou plutôt ce qui semble être d'un temps passé
Le souvenir brûlant, cruel et caressé...
— Oh! non, jamais!...
                    — De grâce...
                              — Eh! que puis-je vous dire?
Que l'amour est terrible, et qu'il le faut maudire! »

III.

LA CRYPTE.

Un homme sous mes yeux venait d'être pendu
Pour l'amour qui l'avait fatalement perdu ;
Voyais-je d'un amour coupable, illégitime,
(Le seul qui perd et tue !) encore une victime?
Je sentais naître en moi la curiosité :
J'insistai... Tout à coup l'anfractuosité
D'un rocher surplombant, en étonnant ma vue,
Appâlit du vieillard la face plus émue;
Une crypte plus sombre au portique ogival
Apparaissait dans l'angle au rayon du fanal.
J'allais entrer... « Non pas ! s'écria le vieux prêtre.
Il n'entre ici depuis vingt-cinq ans qu'un seul être :
C'est moi... Respectez-*la*, monsieur, dans son trépas,
Et de l'arceau sacré détournez votre pas ! »
J'avais compris... L'amour, ses ardeurs, son vertige,
Se montraient rayonnants d'un sublime prestige!...
L'émotion gagna mon cœur, et j'eus ces pleurs
Qui s'échappent toujours au contact des douleurs.
Le malheureux les vit... « Oh ! merci de vos larmes !
Me dit-il. La pitié quelquefois a des charmes!
Votre pensée a lu dans mon cœur enflammé...
Et vous pleurez sur moi... car vous avez aimé!... »

(Pour lui, de cet amour mon trouble était le signe.)
« Eh bien ! oui, suivez-moi, monsieur : vous êtes digne
De *la* voir dans sa mort... » — Et, me prenant la main,
Lui-même, en m'éclairant, me traça le chemin...
J'étais dans le caveau... Je crus d'abord qu'une ombre
Voltigeait près de nous dans la mate pénombre
Dont nous enveloppait le reflet du flambeau
Sur l'opaque ton noir des parois du tombeau :
Seul mon esprit troublé créait le phénomène,
Et mes yeux se rouvraient sur la misère humaine :
Elle était devant moi priant et sanglotant,
Exhalant sur la tombe un soupir repentant,
Ou demandant à Dieu le râle d'une vie
Par la calamité trop longtemps poursuivie.
Le silence pesait sur la scène de deuil...
Une pierre mal jointe enfermait le cercueil,
Et sur ce vêtement, la dépouille mortelle,
Sphinx du néant, portait ce mot fatidique : — ELLE...
Rien de plus... Ce mot seul racontait vingt romans,
Et mon esprit actif forgeait vingt dénoûments.
Mais quel était le vrai ? — Suspendant sa prière,
L'amant enfin sécha sa débile paupière,
Et lisant sur mes traits l'interrogation :
« Oui, je veux, me dit-il, votre compassion,
Et je vous dirai tout, prosterné sur ces restes
D'une vie à qui Dieu donna les jours funestes !
Par ses décrets cruels, parfois, le Tout-Puissant
Confond l'esprit qui doute en le reconnaissant !

Celle que ce ciment inexorable enterre,
Ange venu du ciel pour vivre sur la terre,
Méritait les bonheurs et les enivrements
Qu'ici-bas, quelquefois, versent les cieux cléments...
Et son âme souffrit!... Et Dieu la fit victime,
Pour un crime innocent, d'un exécrable crime !...
Mais daignez vous asseoir sur ce grès où, souvent,
J'ai lentement passé la nuit longue en rêvant,
Car le pas qui, le jour, trouble la paix des tombes,
La nuit, à leur repos laisse ces catacombes,
Et je descends alors au placide séjour
Où ma Giovanna (11) rit encore à mon amour!...»

Il réprima sa larme, et l'écho tumulaire
Entendit ce récit du septuagénaire.

IV.

GIOVANNA.

« Un cri de mort s'unit à mon vagissement,
Et de mon avenir présageait le tourment :
Ma mère succomba le jour de ma naissance...
Et mon père expiré fit pleurer mon enfance.
Orphelin, sans fortune, il me fallut quêter
Le secours qu'un parent voulut bien me prêter...
Plus tard, de mes dix ans je pus payer la dette.
A douze ans, ouvrier d'un artisan honnête,
Il forma mon esprit, mon cœur, et je grandis
Sous ce toit paternel, qui fut mon paradis...
Par le probe travail, source du sort prospère,
Le commerce enrichit mon digne second père ..
Hélas! je le perdis... Son fils lui succéda :
Pour un succès plus grand mon dévoûment l'aida.
Mes vingt-cinq ans alors s'alliaient à ses trente ;
Mais son âme égoïste était indifférente
Pour celui que son père aimait avec bonté,
Et le commandement brisa l'intimité...
Sur sa nature froide et son esprit vulgaire,
Ce fils plaquait encore un front sans caractère.
Cependant une femme adorable d'esprit,
Un type de beauté que Dieu même pétrit,

Devint la sainte épouse accordée à cet homme
Dont ce tombeau ferait reculer le fantôme !...
Une mère, cédant au vil attrait de l'or,
Avait tissu ce nœud que Dieu réprouve encor !
Non ! Dieu n'a point prescrit l'alliance sacrée
Pour qu'une dot payât la parole jurée :
Il a dit à deux cœurs de confondre leurs jours
Quand ils échangeraient le soupir des amours...
Le cœur de Giovanna se taisait, et sa mère,
« Femme forte, » traitant le soupir de chimère,
Avait lié, non pas l'homme, mais le métal
Aux dix-huit ans soumis de l'ange virginal...

Deux ans avaient passé... La pauvre jeune femme
Sentait déjà le froid paralyser son âme.
Orlando Ruberto, son déplorable époux,
Qui l'enchaînait parfois sous son regard jaloux,
Plus souvent l'isolait pour courir à l'orgie
Qu'à son goût trivial offrait la tabagie.
Giovanna s'affligeait... J'avais surpris ses pleurs,
Et mon âme attendrie, écho de ses douleurs,
Eut ce vif intérêt qui, grandissant encore,
Devint après huit ans la flamme qui dévore...
Ah ! c'est que Giovanna méritait tous ces feux
Que l'homme fou prodigue en ses jours orageux.
Son blond cheveu lissé semblait une auréole
Sur son front pur, — beau lis à la blanche corolle !
Son regard chaste et tendre, humidement voilé,

Brillait comme un rayon d'un doux ciel étoilé.
Sa forme harmonieuse et sa grâce élégante,
Son esprit qui charmait, — sa pudeur plus charmante,
Son sourire sans fard, son éclat sans fierté,
Et de son cœur, surtout, les trésors de bonté,
Tout fanatisait l'âme, et l'homme eût fait injure
A Dieu même s'il n'eût qu'aimé sa créature!
Il lui devait vouer le culte impétueux .
Du cœur désordonné, des sens tumultueux...
Il devait l'adorer, l'idolâtrer... que sais-je?
Il devait être fou... Je le devins!!... Dirai-je
Mes supplices cachés, mes désespoirs latents?
Oh! dans ton froid linceul, Giovanna, tu m'entends!
Je tus mon long martyre, et, las de ma souffrance,
Je voulais déserter notre belle Florence,
Où j'étais, près de toi, malheureux, torturé,
Où je ne pouvais rien pour ton sein déchiré!
Un scrupule inspirait cette volonté sage :
Ce même toit avait recueilli mon jeune âge,
Devais-je le souiller d'un sacrilége amour ?
Au fils du bienfaiteur devais-je pour retour
L'indigne trahison, la foi déshonorée ?
Non : la triste union devait m'être sacrée ,
Et, pour la respecter, il fallait fuir ces lieux
Où se pouvaient trahir mes feux audacieux...
Je m'étais séparé de notre commun maître...
Je te disais adieu quand, troublant tout mon être,
Une larme tomba de ton œil douloureux...

Ah ! que de joie était dans ce pleur amoureux !. .
Nous étions seuls : je pus éclater, tout te dire...
Et je n'entendis pas ta bouche me maudire...
J'avais parlé d'amour, d'ardeur, de passion...
J'avais aussi pleuré... J'eus ta compassion...
Tu souris... Le sourire égaya ma paupière..
Tout confirmait l'aveu de ta larme première :
Tu m'aimais !... Oh ! jamais je n'avais aspire
A ces félicités dont j'étais enivré :
Jamais, m'étais-je dit, la haute et riche dame
N'acceptera le cœur trop humble qu'elle enflamme ;
Jamais je ne verrai son regard s'abaisser
Sur celui dont l'amour ne peut que l'offenser,
Sur celui qui, pourtant, voudrait mourir pour elle...
Oh ! pardon !... ma pensée était folle et cruelle...
Giovanna, ce pardon à tes pieds demandé,
En me tendant la main, tu me l'as accordé...
L'ivresse m'inondait... la vie était riante...
Et d'un cri de bonheur couvrant ta voix priante,
Je promis de rester... Je restai... Quitte-t-on
La femme dont l'amour dore notre horizon ?
Le scrupule cessa dans mon âme exultée,
Et par l'habile ruse une cause inventée
Prolongea près de toi mon propice séjour
Sans qu'un mari jaloux soupçonnât notre amour...

O Giovanna ! pourquoi cette larme versée
Sur mon départ ? Pourquoi cette flamme insensée ?

Pourquoi tous ces transports qui jetèrent nos pas
Dans ces sentiers fleuris... menant à ton trépas !...
Tu vivrais si j'avais refréné ma souffrance...
Et je ne prierais point où cesse l'espérance !...
Devenu mon bourreau, je fus ton assassin...
Pitié pour ces remords qui me rongent le sein !... »

Il pleura... plus courbé sur la funeste pierre,
Et, toujours à genoux, répéta sa prière...

V.

FAUTE ET CRIME.

Tableau dont la pensée éveille encore en moi
L'attrait religieux d'un ineffable émoi !
Ce sépulcre où gisait une femme adorée ;
Cette vieillesse aimante, exaltée, éplorée ;
Cette prière ardente à ce funèbre autel
Dont le dieu n'était plus qu'un décombre mortel ;
Cette lampe posée au seuil du sanctuaire ,
Zébrant de tons blafards le berceau mortuaire ;
Moi-même assis pensif et pleurant à la fois
Devant cette Douleur dont j'entendais la voix,
Tout gravait dans mon âme en traits ineffaçables
Ce spectacle émouvant d'amours impérissables...

Le Werther des tombeaux ranima ses esprits ,
Et son récit touchant en ces mots fut repris :

« Nos cœurs sympathisaient, nous lisions dans nos âmes ,
Et d'un regard furtif nous irritions nos flammes.
Quelques mots échangés dans des hasards heureux
Développaient encor le vertige amoureux...
Ainsi deux mois s'étaient écoulés , trop rapides,
Sous ces cieux bienfaisants, agités, mais limpides...

Je voulus plus , peut-être !... Et le transport des sens
Troubla sous ses regards mes regards pâlissants...
Mon front , de la souffrance avait reçu l'empreinte,
Et l'ange de bonté tressaillit sous la crainte :
« Vous souffrez , dit cet ange : eh bien ! j'irai chez vous;
» La confiance doit se placer entre nous.
» J'ai foi dans l'honnête homme... Et notre causerie
» Pourra rasséréner la pensée assombrie. »
J'acceptai... Je bénis le bienfait proposé...
Et le pas que ma lèvre idolâtre eût baisé,
S'imprima sur le seuil où , frémissant d'ivresse,
J'attendais qu'apparût la femme enchanteresse...
C'était elle !... Et soudain, à son timide aspect,
Tout changea : je sentis renaître ce respect
Que j'avais eu , huit ans, pour elle , et mon langage
Ne fut de ce respect qu'un chaleureux hommage...
Ah ! presser dans sa main la main de l'être aimé,
Brûler son front ému d'un regard enflammé,
Lui répéter : « Je t'aime ! » et d'une ardente lèvre
Faire jaillir l'éclair de la lascive fièvre,
Et rompre là le charme !... oui, c'est de la vertu !
C'est un amour profond par l'honneur combattu !
C'est beau !... Ma Giovanna, dis-moi si c'est un songe ?
Dis-moi si j'ose ici me parer d'un mensonge ?
Non : je fus à tes pieds vertueux ce jour-là...
Mais dans tes bras bientôt ma vertu se voila !...
La « faute , » c'est l'aveu que tolère la femme ;
Le « crime , » c'est l'oubli de la pudeur de l'âme...

Cet oubli fut le nôtre ; et tous deux entraînés,
Nous ourdîmes enfin nos jours infortunés !...
Quelle joie eut, pourtant, cette heure où ta caresse
Pour la première fois attesta la maîtresse !
Et depuis, que d'instants encor plus enchantés !
Que de plaisirs fiévreux, de folles voluptés !
Ah ! l'homme ne sait pas la volupté suprême
S'il ne la cueille point dans un amour extrême !
Pour l'extase infinie il faut l'ange rêvé...
Et de la honte, alors, l'amour est préservé...
Sinon, l'amour n'est plus qu'une basse licence :
L'homme, en un mot, finit, et l'animal commence !

Mais combien nous avons gémi de ces bonheurs,
Ma Giovanna ! Combien les ont payés nos pleurs !
Ah ! je fus insensé !... Ma triste frénésie
Contre l'heureux mari créa ma jalousie :
Je ne pouvais souffrir le droit que lui donnait
Sur l'ange de mes jours le nœud qui l'enchaînait...
Ma haine pour cet homme embrasa mon artère,
Et creusa sous nos pas le foudroyant cratère !
Il était devenu plus insolent pour toi ;
Grossier, il t'accablait de sa brutale loi...
Je m'indignais... Un jour que tous les trois, à table,
Il parlait d'un hymen regretté, lamentable :
« Oui ! l'hymen, m'écriai-je, enfante les douleurs
Quand l'amour, — son seul dieu ! — n'y sème pas les fleurs !
Oui ! l'hymen est fatal quand le mari fantasque

Sur cette mer d'écueils déchaîne la bourrasque !
Oui ! l'hymen est maudit quand le mari ne sait
Que gonfler d'amers pleurs l'œil qui le caressait !...
Et lorsqu'il a tué la tendresse dans l'âme,
Il défend à la femme une vitale flamme !...
Il condamne la femme à gémir, à souffrir !
Et, sans trancher sa vie, il la force à mourir :
On meurt lorsqu'on ne peut aimer !... Lâche folie !
Non ! le nœud est rompu : le mari le délie !
Et la femme a le droit d'entendre les aveux
De celui qui saura réaliser ses vœux !
Vous voulez, ô maris ! l'esclavage des femmes :
Bien ! mais soyez époux, ne soyez point infâmes !
Ou c'est vous qu'il sera permis de châtier !
C'est à vous que le Ciel fera tout expier...
Tremblez donc !.. La vengeance est aux mains de Dieu même!
Dieu vous jette d'en haut son cri souverain : — Aime !
Aimer, c'est être bon, tendre, affable, empressé ;
C'est fixer le sourire au beau front embrassé:
C'est tout sacrifier à l'épouse ravie ;
C'est penser par son cœur, c'est vivre de sa vie...
C'est ne faire, en un mot, qu'un seul être de deux...
Non, la femme n'a point de sentiments hideux,
Et si vous lui donnez l'exemple de l'estime,
Loin de serrer dans l'ombre un nœud illégitime,
Elle vous bénira dans son amour constant...
Mais si vous l'inclinez sous un joug insultant,
Elle relèvera sa tête révoltée,

3

Et secouera sa chaîne avec mépris portée....
Et si le monde entend vos clameurs, il rira !
Et toi, femme de cœur, le monde te louera !... »

C'était trop... La colère empourpra le visage
Du mari flagellé par ce bouillant langage...
— « Vous partirez, monsieur, dans une heure, dit-il :
De pareils sentiments font de vous un péril.
Allez dicter ailleurs vos conseils exécrables ;
Méritez les bravos de quelques misérables...
Partez ! l'ordre est formel... »

                              O Giovanna ! pour toi,
J'aurais dû subir seul l'impertinente loi...
Mais mon sang bouillonnait, et mon âme éperdue
Te rêvait avec moi libre... Je t'ai perdue ! »

                    —

Que de pleurs contient l'œil d'un amant malheureux !
Il suspendit encor son récit douloureux
Sous les larmes tombant sur sa face amaigrie
Comme un torrent du ciel sur la plante flétrie...

VI.

AMOUR.

« Une heure (avait repris l'amant de Giovanna)
Suffisait au bonheur que l'amour me donna.
J'écrivis ; je disais à la femme adorée :
« Je pars ; je me soumets à la voix abhorrée
Qui gronde dans ta vie et m'éloigne de toi...
Et peut-être, ô mon ange ! applaudis-je à sa loi...
Que de fois j'ai souffert en entendant cet homme
Te nommer du doux nom dont moi-même te nomme :
« Giovanna, » disait-il dans ses moments moins durs...
Et lorsque je pensais à ses baisers impurs,
A tous ses droits d'époux, aux secrets de sa couche,
Ah ! j'étais torturé d'un vertige farouche...
Je voyais devant moi le rival, l'ennemi,
Et je rêvais... Pardon... Ange, j'ai trop gémi !...
Je pars avec bonheur, car j'ai foi dans ton âme ;
Tu ne m'as point trompé : ma flamme, c'est ta flamme !
Tu m'aimes... et sans moi tu ne peux exister,
Et quand ton amant fuit, tu ne le peux quitter :
Tu me suivras... non pas aujourd'hui : la prudence
Doit détourner de nous la facile vengeance ;
Tu viendras dans deux mois me rejoindre à Turin.
Auprès de Ruberto garde ton front serein :

Il sera sans soupçon sur moi, sur nos mystères,
Et nous échapperons à ses froides colères.
Au nom de mon honneur, ma Giovanna, surtout,
Sans souci de tes biens, abandonne-lui tout :
Viens pauvre auprès de moi... pour m'aimer davantage,
J'aurai dans mon labeur un suprême courage...
Ah! j'exige beaucoup de ton amour juré :
Il te faut renoncer à ton luxe doré;
Tu vivras avec moi dans un modeste asile,
Occupant tes loisirs aux travaux de l'aiguille...
Oui, mais quelles ardeurs! quelles félicités
Dans les emportements des libres voluptés!
Plus de jour inquiet, plus de nuit solitaire...
Nous aurons, Giovanna, le ciel sur cette terre...
Ah! je ne te dis point adieu, mais au revoir...
Dans deux mois l'allégresse!.. ou bien le désespoir... »

« Moins prudente que toi, j'aurais, dès ce jour même,
« Suivi tes pas... Deux mois seront bien longs!.. Je t'aime..»

Ombre de Giovanna, tu les as entendus,
Ces mots de passion par sa main répondus...
J'étais fou !... je partais ivre de fanatisme,
Ébloui, fasciné, comme aux rayons du prisme!...

Oui! les deux mois fixés furent bien longs... Enfin
Mon sein régénéré palpitait sur son sein...
Quels pleurs d'enchantement! quels transports! quelle étreinte!

Pour la première fois, nous aimions sans contrainte ;
Pour la première fois, nous pouvions prolonger
L'impétueux élan sans pâlir au danger...

C'était peu ! L'amour vrai n'est pas dans cette joie
Où l'effluve des sens terrestrement nous noie ·
C'en est le corollaire obligé, je l'admets ;
Mais quel charme plus grand de vivre désormais
Sous le même soleil du foyer domestique,
Du même air aspiré, d'une vie identique !
C'est là le mariage et son bonheur réel.
L'amour, en franchissant cette sphère, est cruel :
Il trompe, et coupe en deux l'existence flétrie :
Une moitié riante, et l'autre endolorie !
Mais le bras sur le bras, et la main dans la main,
En s'entr'aidant marcher dans le même chemin,
Broyer du même pied la ronce qui l'obstrue,
Joncher des mêmes fleurs la route parcourue,
Sous un commun effort azurer l'horizon,
Unir pour un seul but l'esprit et la raison,
Vider la même coupe... ou le même calice,
Partager le bienfait, partager le supplice,
Voilà l'amour ! voilà la céleste union !...
C'était la nôtre... Elle eut la bénédiction
De Dieu même, car Dieu, comblant notre prière,
Voulut, ma Giovanna, que tu devinsses mère...
Tu portais dans tes flancs le fruit de nos amours,
Et la vie eut pour nous encor de plus beaux jours !

Ah ! revoir dans les traits d'un enfant les traits mêmes
De celle qu'encensaient nos passions extrêmes,
C'est l'ivresse portée à son plus haut degré !
C'est l'éternel bonheur désormais assuré :
L'amante ne peut plus à nos yeux disparaître :
Est-ce que cet enfant ne la fait pas renaître !
Il prolonge sa vie, et par delà la mort
Nous la voyons, l'aimons... et l'embrassons encor...
Je le dis, convaincu : l'on n'est tendre et bon père
Que si l'on a chéri profondément la mère...
Mais l'amour conjugal est une rareté,
Et c'est en vain qu'on cherche une paternité !
De là ces mauvais fils désolant la vieillesse
De ceux qui les livraient à leur jeune faiblesse :
Il faut pour les bons fils les soins des bons époux,
Et pour que l'on vous aime, ô parents ! aimez-vous !...

Hélas ! mon joyeux rêve était une chimère :
L'enfant ne devait pas me réfléchir sa mère ;
Il devait, ô pitié ! sous un bras assassin
Mourir, enseveli dans le maternel sein !... »

—

Le sanglot arrêta sa tremblante parole,
Étouffé sous les murs du lugubre alvéole...

———

VII

VENGEANCE

Le posthume Saint-Preux surmonta sa douleur,
Et, le front plus chargé de livide pâleur,
Il poursuivit ainsi : « Deux riantes années
Que dans cette union Dieu nous avait données,
Nous berçaient de l'espoir qu'Orlando Ruberto,
Resté paisiblement aux rives de l'Arno,
Avait tout oublié, tout pardonné peut-être...
D'ailleurs, ma Giovanna l'avait, par une lettre,
En partant, informé d'un dessein mensonger
Qui devait de ses pas écarter le danger :
Elle avait dit qu'un cloître allait cacher ses peines.
Mais nos précautions, nos ruses, furent vaines :
Dieu sommeilla pour nous; et, lâchement jaloux,
Ruberto sur nos fronts déploya son courroux...
Épouvantable jour, qui glace ma mémoire !
Forfait abominable, et vengeance plus noire !
Il n'aimait pas... Deux ans avaient cicatrisé
La blessure d'un front hautement méprisé...
Mais l'orgueil est vivace, et lorsque cet infâme,
Qui s'était fait dix ans le bourreau de sa femme,
Apprit tout, il rugit !... Que dis-je? sa fureur
N'était qu'un masque adroit pour émousser l'horreur :

Il pensait froidement ; et, libre de souffrance,
Pour tuer, en riant il désertait Florence !
Nous ne supposions pas que la fatalité
Avait trahi pour lui toute la vérité :
Nous reposions gaîment, endormis par le songe
D'un Eden éternel... O perfide mensonge !...
Un matin, Giovanna se leva sans gaîté ;
Son front était rebelle à la sérénité :
« Qu'as-tu? lui demandai-je ; ange, dis-moi ta peine.
— » Un cauchemar affreux fige encore ma veine :
» J'ai vu là, près de nous, l'arme au poing... » — L'on sonna,
Et le tressaillement agita Giovanna...
J'ouvris... Un coup de feu retentit, et la balle,
En déchirant mon sein, me roula sur la dalle...
Je mourais... — Quand le jour reparut à mes yeux,
Je recevais les soins de ces hommes pieux,
Anges consolateurs des souffrances d'un monde
Qui, ne pouvant monter à leur niveau, les fronde !
On me dit tout alors... — O mânes vénérés !
Ce cri d'amour raillant la mort, vous l'entendrez !
Giovanna sur mon corps s'était précipitée ;
Sa main avait serré ma main ensanglantée ;
A genoux, le front haut, l'œil fulgurant d'éclairs,
Elle avait interdit l'échappé des enfers :
« Frappe donc ! me voici !... lui dit-elle... Je l'aime !
» Frappe !... je te maudis !... je te crie anathème !
» J'ai foi dans un Dieu bon... J'ai trahi mon serment...
» Dans ton assassinat Dieu met mon châtiment...

» Je l'accepte !... Mais Dieu qu'on prie et qui pardonne,
» Admettra les martyrs aux marches de son trône...
» Toi, tu seras damné, car tu n'as point aimé !
» Honte au nœud qui n'est pas divinement formé
» Par l'amour !... Et pourtant, docile à l'hyménée,
» Mon âme était à toi... Tu l'as empoisonnée !
» Achève ! tue ! apprends au monde épouvanté,
» Lâche ! comment finit l'hymen mal cimenté !
» Frappe !.. je l'aime !.. frappe !.. entends-tu ? . je l'adore !
» Et que mon dernier cri soit pour toi : je t'abhorre !... »
L'implacable bourreau tira... Ma Giovanna,
Pour reposer ici, ton beau front s'inclina !...

Et lui, froid assassin, dédaignant ses victimes,
A la Justice humaine alla conter ses crimes...
Ses crimes... qu'ai-je dit? il était innocent :
Il avait châtié le dédain flétrissant...
Il demandait sa grâce... Et la Justice humaine
En effet gracia la vengeance inhumaine...
L'asile conjugal n'était point profané ;
C'est chez moi que le monstre avait assassiné :
Il n'avait pas puni la caresse imprévue,
Flagrante trahison éclatant à sa vue :
Qu'importait !... l'avocat avait parlé d'honneur,
De devoir, de famille... et non pas de bonheur !
Et le *magistrato* (12), couronnant la défense,
Avait du criminel proclamé l'innocence...
Mais Dieu se réveilla : Dieu ne put accepter

Cet arrêt laudatif que l'homme osait porter,
Et, frappant Ruberto de la foudre qui tue,
Il vengea la victime à ses pieds abattue !

Et moi, par trop de soins empêché de mourir,
Je relevai le front pour prier, pour souffrir...
Bien des fois la prière, apaisant ma torture,
Arrêta ma main prête à rouvrir ma blessure...
Sans doute un suicide est une lâcheté ;
Mais quand l'homme est courbé par la fatalité,
Il ne raisonne plus, il se trouble, il s'égare,
Et prétend qu'il peut rompre avec un sort barbare !...
Excusez-le, mon Dieu ! ne le réprouvez pas !...
Il faut bien des douleurs pour rêver le trépas !...
La vie a des attraits, quoi que l'on puisse dire,
Et l'homme l'aime encore en osant la maudire !...

Dieu, d'ailleurs, en rendant à mes yeux la clarté,
Ne m'exprimait-il pas toute sa volonté ?
Ne me disait-il pas : « Vis pour prier pour elle ;
» Vis pour la mériter dans la vie éternelle... »
Je compris, j'obéis, je vécus... Et pour mieux
Conquérir ces bonheurs que j'espère des cieux,
Je me suis saintement détaché de la terre
Et plongé dans l'asile où la douleur s'enterre :
La Trappe, ô Giovanna ! m'a rendu digne enfin
D'attendre auprès de toi ma bienheureuse fin ! »

— « La Trappe ! interrompis-je... Oh ! dites-moi, de grâce,
Ce qu'est ce séjour vrai dont le nom seul me glace ?... »

— « Un séjour qui sourit à l'homme dont la foi
S'allie avec l'amour fatal... Écoutez-moi. »

—————

VIII.

LA TRAPPE.

« La Trappe était jadis un foyer de licence ;
Le monde y reflétait sa règle d'indécence,
Et le froc sacrilége, outrageant le saint lieu,
Au bruit des chants menteurs semblait défier Dieu...
Dieu suscita Rancé... Rancé vint !... Sa belle âme
Mortifia la chair pour épurer sa flamme...
Il aimait aussi, lui !... La noble Montbazon
Éprit le glossateur du fol Anacréon (13)...
Elle mourut en proie au même amour... — Richesse,
Faveurs des cours, splendeur, éclat du nom, jeunesse,
Il sacrifia tout au brûlant souvenir,
Et quêta le martyre afin de le bénir !
Ardent réformateur du honteux monastère,
Son exemple y dicta la loi la plus austère :
On dormit sur la paille, on mangea le pain noir ;
Les travaux dédaignés devinrent un devoir,
Et la prière vraie, échappant du cœur même,
Monta dévotement vers le trône suprême
Avant que de l'oiseau le doux gazouillement
Célébrât la clarté rendue au firmament.
Le silence, surtout, fut prescrit... Que se dire,
Sinon pour se moquer, s'offenser ou médire ?

Dieu donna la parole afin que l'on chantât
Sa louange, et non pas pour que l'on insultât!...

L'âpre loi dure encor... Le trappiste se lève
A deux heures, la nuit, et l'encens pur s'élève
Vers le Dieu de bonté, jusqu'au réveil du jour,
Dans la chapelle où bruit un long soupir d'amour...
Puis, une ablution — la seule autorisée —
Lave l'éternel pleur sur la face creusée...
Et chacun se consacre ensuite à ses travaux :
Laboureurs, forgerons, charrons et maréchaux,
Tous ces états des mains s'exercent sous la robe,
Sans ravir la pensée au cœur qui la dérobe !
Rancé n'a pas voulu le travail de l'esprit :
L'étude absorbe l'âme, et le culte est proscrit !
Il a voulu le rêve et le labeur utile,
Et le trappiste échappe à toute œuvre futile :
Il laboure, il cultive, il récolte : on le voit,
Aux sueurs que son froc de laine rousse boit,
Braver, en moissonnant, l'ardente canicule,
Tout à Dieu, tout au feu plus ardent qui le brûle !...
Deux modestes repas sont donnés à sa faim :
Le beurre dans les mets, dans le pain le levain,
La chair des animaux, le poisson, le laitage,
Le vin, tout est banni par une règle sage :
S'il faut garder au cœur la force pour aimer,
Il ne faut point permettre aux sens de s'enflammer,
Et les sens, amortis par l'aliment sévère,

Ne laissent qu'un amour que Dieu même révère !
L'huile dans le légume et le pain mesuré
Ont bientôt mené l'homme à ce but désiré :
L'homme n'est plus dès lors l'immonde créature ;
C'est l'âme faite Dieu : — chaste, éthérée et pure :
L'amour s'étend sur tous ; et le cœur satisfait,
Envers tous généreux, verse à tous le bienfait :
Pour vous, pour vos amis, on prie au monastère,
Et le pauvre est nourri du pain du solitaire...

Oh ! non ! ne sapez point les couvents : conservez
A tous ces malheureux par l'angoisse énervés,
Un désert qui pourra retremper leur courage.
Voulez-vous les livrer à leur secrète rage ?
Voulez-vous que le monde écrase encor leur front ?
Voulez-vous leur tracer votre vie ?... Ils mourront !...
Ils mourront en frappant eux-mêmes leur poitrine !
Ils mourront, maudissant vous et votre doctrine !
Vous aurez à leur main dicté la lâcheté !
Vous les aurez perdus pour leur éternité !...
Le voulez-vous ?... Oh ! trêve à l'attaque homicide :
Le couvent où vit Dieu sauve du suicide !

La paresse, d'ailleurs, n'y dort plus lâchement :
Hormis le saint vieillard qui s'éteint lentement,
Le moine est artisan, il reste homme, et n'ajoute
Que la foi — préférable à votre triste doute !
Et peut-être unit-il à cette piété

Ce qui vous manque encor : l'humaine charité!...

Cessez donc, insensés ! la guerre à ces retraites ;
Cessez l'indigne insulte à ces anachorètes :
J'ai pu, pendant dix ans, connaître ce qu'ils sont,
Pendant dix ans j'ai pu juger le bien qu'ils font...

Le Révérend m'avait admis à la culture.
J'aimais à contempler notre alpestre nature :
Le couvent se dressait sur un abrupt plateau
Que les Alpes bordaient d'un aride coteau ;
L'écho religieux de la cloche ébranlée
Se promenait au loin sur la plaine isolée.
La prière et ce son troublaient seuls le couvent :
Le silence du mort pèse sur le vivant !
On ne dit même pas : « Il nous faut mourir, frère ! »
On se tait... Au grabat où se clôt la paupière,
L'image du néant (14) fait seule souvenir
Que l'homme périssable ici-bas doit finir.
Et l'on ne creuse pas, pour ce grand jour, sa tombe.
Mais, éternellement, pour le corps qui succombe,
Une fosse est béante, et les restes glacés,
Enveloppés du froc, sans bière, y sont placés ;
Et quand l'hymne a cessé sur la tombe fermée,
Une nouvelle fosse auprès d'elle est formée.
J'ai vu ce cimetière où dorment ces heureux :
L'herbe est partout, et rien ne les distingue entre eux,
Et partout on croit voir surgir les mêmes palmes

Quand l'étoile des nuits dore ces tombes calmes!...

Ah! je n'ai pu moi-même y reposer!... Les champs
Me berçaient vainement de leurs charmes touchants.
Je déracinais l'herbe agrestement fleurie,
Je traçais le sillon, j'irriguais la prairie,
Je fauchais l'épi mûr, j'émondais l'arbre vert,
Et je battais le grain dans la grange, l'hiver;
Partout ma passion dominait ma pensée,
Que mes dix ans de deuil n'avaient point effacée...
Au contraire, il semblait qu'elle prît plus d'essor
Et que mon feu mystique, enfin, s'accrût encor
Sous ma robe — semblable à la robe donnée
Par le fils d'Ixion à la fille d'OEnée
Pour venger son amour... Car l'amour est toujours
La perte du bonheur... et la perte des jours!
Combien ont les tourments du fabuleux Hercule
Dans les plis pénitents de ce froc qui les brûle!...

Tout exaltait mon cœur... L'oiseau près de l'oiseau
Chantait sous le feuillage, abri de son berceau;
Le pâtre regagnait, le soir, son toit rustique,
Et retrouvait l'épouse au foyer domestique...
J'étais seul — toujours seul!... — Ne pouvais-je obtenir
Mieux qu'une ombre impalpable, un mental souvenir?
Ne pouvais-je exister au sépulcre auprès d'*elle*?
Ne pouvais-je veiller sa dépouille mortelle?
Ce rêve m'accablait... — De la mère de Dieu,

Dont l'image peuplait le solitaire lieu,
Et, brillant au chevet de ma couche fiévreuse (15),
Semblait ma Giovanna me souriant heureuse,
J'implorai les bontés... Et je fus exaucé,
Et près de ces caveaux je fus enfin placé :
J'en suis le chapelain... Et je parle à *ses* mânes !...
Il n'est point dans la mort de voluptés profanes :
Je fais plus !... — Mais, pardon : c'est assez raconter
Mes secrets... et veuillez avec moi remonter... »

IX.

LE SQUELETTE.

« Je fais plus ! » avait dit cette voix enflammée :
« Plus que de lui parler à l'ombre bien-aimée ! »
Qu'était-ce ? mon esprit fut prompt à tout rêver.
La voix avait trop dit pour ne point achever...
Le vieillard le comprit : « Eh bien ! sachez la joie
Que sur moi, reprit-il, l'heure des nuits déploie :
Je ne l'ai pas perdue : *elle* vit à mes yeux...
Elle habite avec moi ces murs mystérieux.
Rancé, de Montbazon avait, dit-on, la tête ;
De Giovanna j'ai, moi, plus heureux, le squelette...
J'ai descellé la pierre où ce squelette gît...
Un squelette ?... non pas !... c'est elle qui revit
Avec son rose front, sa lèvre purpurine,
Avec un battement soulevant sa poitrine...
C'est elle, entendez-vous ! dans toute la splendeur
De sa jeune beauté, dans sa chaste pudeur...
Un voile la revêt... C'est elle encor, vous dis-je !
Mon ange m'est gardé par un divin prodige...
Voyez sur cet azur son front se dessiner,
Ses longs cheveux flotter, ses beaux yeux rayonner...
J'ai trente ans !... voyez-vous sa bouche me sourire ?
O mon ange du ciel ! renaissons au délire !

Recommençons ces jours si pleins de nos bonheurs !
Comme nous aspirions le printemps et ses fleurs !
Nous allions sous l'ombrage entendre la fauvette
Du lai de son amour broder sa chansonnette ;
Nous nous promenions seuls où nul pied ne passait ;
Nous cherch'ons le ruisseau qui tout bas bruissait,
Et là, tous deux assis, sur la rive ombragée,
Ange ! nous bénissions notre ardeur partagée !...
Oh ! qu'ils sont ravissants ces pas des amoureux
Sur les prés émaillés, dans les sentiers ombreux !
Il n'est plus d'importuns, plus de monde maussade :
C'est dans le ciel ouvert qu'on fait sa promenade !...
Et l'hiver, Giovanna, groupés près du foyer,
Un livre bien choisi venait nous égayer...
Nous lisions tour à tour, et parfois le murmure
D'un baiser sur ton front suspendait la lecture...
Nous attisions un feu moins ardent que les feux
Qui consumaient nos cœurs... et nous étions heureux !...
Viens, ô ma Giovanna !... viens ranimer ces fêtes !...
Viens ! de beaux jours encor flamboieront sur nos têtes !...
Viens ! viens, ma Giovanna !... je t'appelle... c'est moi !...
Viens !... cesse de dormir... ange, réveille-toi !...
Viens donc !!... Mais cette pierre est pesante, peut-être...
Je vais la soulever... Sors... et daigne apparaître,
O mon épouse unie à la face de Dieu !...
Qu'entends-je ? un sombre écho redit un sombre adieu...
C'est la mort !... Oui, la mort est là dans cette bière...
Et la mort dort toujours sous l'immuable pierre !...

O terreur !... Giovanna, sourde aux pleurs de ma voix,
Il me semble te perdre une seconde fois !...
Tu n'es plus... et je vis !... Oh ! je sens ma paupière
S'alourdir et trembler comme à l'heure dernière...
A bientôt, Giovanna, mon ange idolâtré !
A bientôt !... le Dieu bon, par ma larme imploré,
Aux parvis des élus va réunir nos âmes,
Et pour l'éternité ravivera nos flammes ! »

Il se tut... et pria comme l'homme enivré
Du dernier jour promis à son déclin navré...

J'avais vu le squelette alors que le vertige
Éblouissait ses yeux du décevant prestige :
La pierre soulevée un instant par sa main,
Fit passer le rayon sur le fossile humain :
C'était une matière informe, une scorie
Baignant lividement la carcasse pourrie...
O beauté de la femme ! ô grâces des trente ans !
O coloris si frais ! ô charmes éclatants !
Voilà donc ce que Dieu fait de vous !!...

                                        Le saint homme
Se releva — plus beau sous ses traits de fantôme !...

Nous sortîmes... Bientôt il arrêta nos pas...
« Restez ici, dit-il : je ne descendrai pas
Cette nuit au sépulcre ; et pour ne point m'attendre,

De mon cœur trop ému Giovanna doit l'apprendre... »

Je le suivis des yeux, guidé par son flambeau :
A genoux il leva la pierre du tombeau,
Et prenant dans sa main la main ossifiée,
Sa lèvre la baisa chaste et purifiée... (16)

Il revint... Et quittant le funébreux séjour,
Du ciel — si lourd parfois ! — nous revîmes le jour...

X.

LE MARIAGE.

— « Vous ne me blâmez pas, monsieur ? » osa-t-il dire.
— « Vous blâmer, moi, mon père ! Oh ! non ! je vous admire !
Adieu... Merci... Mon cœur bat pour *elle* et pour vous :
Vos souvenirs unis me seront toujours doux...
L'idéal de l'amour est dans votre belle âme...
Nous ne connaissons pas, nous, cette noble flamme...
Nous aimons... Mais sondez les replis de nos cœurs,
Et vous nous frapperez de vos rires moqueurs...
Oui, l'homme croit aimer, et s'abuse soi-même :
On n'aime pas à moins que comme vous on n'aime...
Adieu... » — Je m'éloignai, l'esprit tout absorbé...
Un seul pleur, me disais-je, un seul pleur est tombé
A l'aveu d'un départ qu'ordonnait la prudence,
Et ce pleur a suffi pour ce désastre immense !...
Que n'est-il demeuré dans sa froide prison !
Il n'eût point étouffé la voix de la raison,
Et toutes ces douleurs que mes vers ont redites
N'auraient point châtié les ardeurs interdites !...

Interdites... Mon Dieu, tout le malheur est là !
Un serment enchaînait : l'âme le viola...
C'était trop !... Quelle est donc cette chaîne si forte

Qui veut que, sous son poids, l'âme en vivant soit morte,
Et qui ne permet plus ces aspirations,
Ces rêves, ces désirs... qui sont les passions,
Principe de la vie, à coup sûr, inutile
S'il faut que le sang chauffe une artère immobile !...
La passion, c'est l'homme, et l'on doit redouter,
En l'osant comprimer, de la voir éclater,
Semblable à ces vaisseaux d'où la vapeur s'échappe,
Et qu'on change en volcan en fermant la soupape.
La passion exige une soupape aussi...
Et donnez-la surtout à l'hymen obscurci :
Souffrez, souffrez alors la rupture légale ;
Empêchez, — ô Solons ! — l'explosion fatale !
Montesquieu vous l'a dit : « Il ne sait pas pourquoi
Le chrétien du divorce a lacéré la loi :
On a lié deux cœurs que souvent tout sépare,
Et l'on a copié ce despote barbare
Qui faisait attacher le vivant au corps mort... (17) »
Est-ce donc Dieu qui peut infliger un tel sort ?...

Est-il sacré, d'ailleurs, ce nœud indestructible ?
Rend-il le cœur plus digne et l'âme incorruptible ?
Suivez-moi : voyez-vous cet abbé de Gondi (18)
Sous ce portique ouvert porter son pas hardi :
Une femme l'attend — une femme charmante
Qu'un époux asservit et qu'un époux tourmente...
L'abbé sort... Regardez : un brillant officier
Pour le même plaisir suit le même escalier...

Deux amants à la fois, voilà le mariage !...
Est-ce dans Turin seul que règne cet usage ?...
Mais venez, avec moi, *via della Rocca* (19),
Et là vous entendrez la voix d'une maca
Vous dire : « Ma *casa*, *signor*, est renommée :
Je n'y recueille point la *donna* mal famée ;
J'appelle avec mystère et reçois prudemment
La FEMME MARIÉE.. » — Oui, j'en fais le serment,
Ces mots m'ont été dits, et dans la maison folle
Pouvais-je de l'hymen célébrer l'auréole ?...

EPILOGUE.

Je retournai plus tard à Turin... Je revis
De Saint-Pierre-aux-liens les hôtes endormis...
Le vieillard sommeillait lui-même aux catacombes...
La crypte de l'amour se fermait sur deux tombes :
L'une portait toujours ce mot : ELLE... — Aujourd'hui,
Sous ma larme pieuse — on lit sur l'autre : — LUI...

NOTES.

(1) La *Madonna del Pilone*, à quatre kilomètres de Turin, sur le bord du fleuve Pô (l'ancien Eridan). — On s'y rend en barque ; on déjeune à la *trattoria* (restaurant), et l'on gravit ensuite la majestueuse colline de Superga. C'est une « partie de plaisir » que les jeunes Turinais font rarement « seuls. »

De Turin à la *Madonna del Pilone* le fleuve est d'une nonchalance remarquable. Il a si peu d'eau qu'il peut à peine porter une barque. Certes, ce n'est pas là qu'il mérite le beau nom que lui a donné Virgile : « le roi des fleuves. »

(2) Les capucins — qui ne vivent que d'aumônes — ont deux couvents à Turin. L'un de ces couvents est sur le plateau du *monte* (mont) que le Pô sépare de la ville. — Les couvents et les églises sont nombreux à Turin.

(3) Superga est, depuis cent ans, le Saint-Denis du Piémont. Sa belle basilique couronne le sommet d'une montagne d'où la vue embrasse un horizon immense. Dans les cryptes sont les tombeaux des princes de la maison de Savoie. Charles-Albert, dont la défaite de Novare a terminé le règne, est le dernier monarque inhumé. Son tombeau,

d'une magnificence extrême, occupe le premier caveau de ces souterrains. Des fleurs et des couronnes funèbres prouvent l'hommage d'affection que Charles-Albert reçoit encore. — On sait qu'il s'était retiré à Oporto sous l'habit de moine.

(4) J'ai vu l'exécution que je raconte. Tous les détails — même sur l'homme et sur la cause de son crime — sont exacts.

C'est, en effet, au *circolo di Valdocco* que ces exécutions ont lieu. Ce *circolo* est (le mot l'indique) un cercle, ce que nous appelons un rond-point — bordé d'arbres — et qui lie la *strada S -Massimo* à la *strada del Principe Eugenio*, deux « chemins » ou boulevards extérieurs de Turin.

(5) Le *Nuovo ospedale dei pazzerelli* (nouvel hôpital des « pauvres » fous) est réellement en face du *circolo di Valdocco*.

(6) Cet épisode est malheureusement historique. Un *giustiziato* s'est ranimé dans son cercueil : la strangulation — malgré le piétinement du *carnefice* sur les épaules — n'avait pas été complète ; mais la victime, rendue au jour, n'eut qu'un soupir et expira...

(7) Les « justiciés » ont un cimetière particulier. C'est un carré de dix ou douze mètres, entouré de murs ; — au milieu est une haute croix noire, et sur la porte on lit : *Cimiterio dei giustiziati.*

Pour le lecteur qui prendrait la peine de « scander » le vers, et qui ne connaîtrait pas l'italien, l'auteur fait observer que le premier *i* du mot *giustiziati* se prononce si faiblement qu'il ne compte pas. *Gius* forme donc une

seule syllabe, une diphthongue, exactement (moins le son,
bien entendu) comme *Geor* du nom français Georges. —
Cette observation s'applique au nom italien *Giovanna*
souvent écrit dans ce volume.

(8) *San Pietro in vincoli* (du nom de l'apôtre garrotté
par Hérode).

(9) Le terrain où ces corps avaient été inhumés a eu
la propriété de les « momifier. » Ils sont exposés dans le
caveau de l'église Saint-Michel, à Bordeaux. Ce caveau,
placé sous le clocher de l'église, a reçu le nom de « Char-
nier de Saint-André. »

(10) Le *Campo-Santo* est le nouveau cimetière de Turin.
Il est à « ciel ouvert. » Il n'y a plus là la poésie des « catacombes; » c'est le prosaïsme de notre « Père La Chaise, »
avec les mêmes splendeurs funèbres.

(11) La Giovanna des Italiens est la Jeanne des Français.
(Voyez pour la prononciation de Giovanna la note 7.)

(12) *Il magistrato*, c'est la magistrature, ce sont les
juges, c'est le tribunal, c'est la cour. — L'institution du
jury manque encore aux États sardes.

(13) L'abbé de Rancé fit de brillantes études. Bien jeune
encore, il publia une édition d'Anacréon, avec des scolies,
édition dédiée au cardinal de Richelieu, son parrain.

(14, Une tête de mort, peinte en blanc sur un fond
noir, est au pied du grabat du trappiste. — Je ne puis dire

avec quelle émotion j'ai visité La Trappe d'Œhelenberg, en Alsace.

(15) L'abbaye de Notre-Dame de la maison Dieu de La Trappe, de l'ordre de Citeaux, dans le Perche, fut fondée l'an 1140, par Rotrou, comte du Perche, et son église fut consacrée sous le nom de la Sainte-Vierge par Robert, archevêque de Rouen, Raoul, évêque d'Évreux, et Silvestre, évêque de Séez, à la sollicitation de Guillaume, cinquième abbé de ce monastère.

Les maisons de La Trappe se sont multipliées en France, et toutes sont restées placées sous l'invocation de la Sainte-Vierge, dont l'image existe, en effet, dans toutes les salles, et même dans l'étroite cellule de planches où est le grabat du trappiste.

(16) Un jeune interne de l'hospice de Charenton s'était intéressé à une pauvre jeune folle à laquelle il donnait ses soins. Elle mourut, et il plaça son squelette — artistement « travaillé » par lui-même, — dans l'alcôve où il dormait, et où j'ai vu ce « souvenir d'un tendre intérêt... »

(17) *Lettres persanes*, L. CXVII.

(18) Turin a encore de petits abbés pimpants, élégants, frétillants, comme ceux dont notre histoire nationale des deux derniers siècles nous a laissé le portrait. — Est-ce calomnie à l'endroit des jolies Turinaises ? mais on dit que l'*abbate* et le *militare* partagent auprès d'elles de beaux succès.

(19) Jusqu'au nom de la rue, tout est vrai dans ce récit incroyable. — Ajoutons que ce sont de jeunes femmes à qui leurs maris refusent ou ne peuvent donner l'argent que

réclame leur goût de toilette, et qui recourent à l'infamie pour avoir les quelques *scudi* dont elles paieront leurs colifichets.

Quant à l'auteur, s'il est entré dans cette *casa* de la *via della Rocca*, c'était en touriste curieux, voulant tout voir et tout savoir, — mais non « avoir... » Il n'a eu que la conversation résumée dans ses vers... « Honni soit qui mal y pense !... »

LES AMIS

COMÉDIE EN QUATRE ACTES ET EN VERS

O mes amys! il n'y a nul amy.
(Aristote cité par Montaigne.)

« Il est si facile , a dit un homme d'esprit, de ne pas faire une tragédie en cinq actes... et en vers ! »

Je crois, au contraire, que pour certains tempéraments, il est fort *difficile* de ne pas faire une tragédie ou une comédie — en plus ou moins d'actes — et en vers.

J'ai éprouvé cette difficulté, et j'ai « commis » la pièce qu'on va lire.

La pièce faite, j'avais naïvement pensé à un théâtre ; mais il n'est, pour les comédies en *quatre actes* et en *vers*, que deux théâtres : le Théâtre-Français et l'Odéon.

Le Théâtre-Français a ses pièces, ses auteurs, son répertoire. En admettant une miraculeuse réception, j'aurais été renvoyé, pour la représentation, aux calendes grecques.

L'Odéon a aussi sa petite coterie. Il aurait fallu

6

supplier, mendier l'appui, implorer. Et qu'aurais-je obtenu ? Une lecture... puis plus rien...

J'ai entendu dire qu'il fallait trop de courbettes pour arriver devant la rampe. Grâce au ciel, mon épine dorsale est restée ferme et droite : j'aime mieux ne rien tenter pour sortir de l'obscurité que de m'exposer à l'assouplir.

Une représentation passe, d'ailleurs : la lecture reste.

J'affronte donc cette lecture.

J'ai critiqué dans ma vie, il est juste que l'on me critique.

Heureux encore si l'on veut bien me critiquer !

Ce serait m'encourager à mieux faire... si je suis perfectible. Que d'auteurs ne peuvent dompter leur impuissance ! Ils se rendent alors justice, se taisent ou publient, sans fatiguer le public, — ignorant de leurs œuvres.

C'est bien le moins qu'on laisse à l'homme la jouissance de son esprit, quelque médiocre qu'il soit.

Nul n'est contraint à lire. Et, malgré soi, quelquefois , on est entraîné à écrire. Est-ce que la poésie n'est pas une passion? Empêche-t-on le torrent de couler? Empêche-t-on le cerveau de rêver?

Savez-vous la vérité ? Plus d'un écrivain que l'on raille est plus à plaindre qu'à blâmer...

PERSONNAGES.

Le Comte ALFRED X...
Le Baron EDGAR N...
FERNAND.
SAINT-JULIEN.
DE BAINE.

de 30 à 40 ans.

LAURE, femme d'Alfred.
ADÈLE, femme d'Edgar.

25 ans.

La scène est en France, dans un vieux château d'aspect féodal, en 1853.

ACTE PREMIER.

Salon avec tapisseries et meubles gothiques. — Porte principale au
fond. — Portes latérales.

Scène première.

ALFRED, SAINT-JULIEN, FERNAND, EDGAR,
ADÈLE, LAURE.

ALFRED.

Oui, je te déifie, ô fortune ! Tu sers
A peupler d'amis vrais les vieux châteaux déserts !...
Ce gothique manoir de mes nobles ancêtres
N'offrait que des plaisirs aridement champêtres :
Ma femme et moi passions nos longs jours dans l'ennui....
Nous mourions !... Nous vivons, nous rions aujourd'hui...
Vous avez entendu sa prière et la mienne...
L'amitié sainte est bien la charité chrétienne !
Nos invitations vous arrivaient hier,
Et nous serrions vos mains ce matin... L'on est fier
D'amis tels que vous !... Oui, c'est une calomnie

6.

Qu'Épicure jetait sur l'amitié bénie :
On aime par la loi d'un mutuel attrait,
Non, comme il le prétend, par un vil intérêt !
Nous la cultivons, nous, cette amitié si pure,
Et c'est nous qui devons flageller Épicure...
Merci donc, mes amis!... (*A Adèle*) Veuillez entendre aussi
Pour votre empressement, madame, mon merci.
Vous avez pour ma femme une amitié d'enfance,
Et vous l'avez prouvée en cette circonstance.
        (*Serrant la main d'Edgar.*)
Votre très cher mari... que j'aime franchement...
Doit accepter sa part de ce remercîment....

EDGAR, *à Alfred.*

Non, vraiment, non, mon bon, c'est moi qui vous rends grâce :
En ce beau mois de juin, Paris déplaît et lasse...
Il faut l'abandonner aux malheureux croquants...
La campagne a, l'été, des charmes provoquants :
On veut les champs... pourvu que leurs fruits... délectables
Ne composent pas seuls le menu de nos tables....

ALFRED, *à Edgar.*

Toujours gourmand, baron?... vous serez satisfait :
J'ai pris pour mes amis un cuisinier parfait.

EDGAR, *serrant de ses deux mains une des mains*
d'Alfred.

Il comprend l'amitié, ce cher comte!... Je vote

Des compliments... outrés... à ce gracieux hôte...

FERNAND.

J'approuve cet hommage au meilleur des amis...
Mais ne pensez-vous pas qu'il doit être remis
Au moment où l'aï pétillant dans nos verres
Pour fêter l'amitié nous rendra plus sincères?

EDGAR.

C'est juste... A table donc le toast reconnaissant
Quand l'aï jettera son bruit réjouissant!

ALFRED.

On danse, mes amis, le jour du mariage...
C'est sottise : sait-on à quoi ce nœud engage?
On ne devrait fêter cet austère lien
Que quand la mort le rompt... si l'on s'en trouva bien...
De même vous devez, ce semble, attendre l'heure
Où Paris vous fera quitter cette demeure,
Pour en apprécier les réels agréments,
Et sur vos plaisirs vrais tailler vos compliments.
Du reste, lorsqu'ici l'amitié vous envoie,
J'entends autour de vous multiplier la joie.
Ma meute, mes chevaux, mes valets, prenez tout,
Et pour remercîment amusez-vous surtout.

LAURE.

Et ne vous gênez pas, messieurs, je vous en prie...
Ne rongez pas le frein de la galanterie.
Allez où vous voudrez, chassez, jouez, fumez...
Mais songez que, le soir, vous êtes réclamés :
Ce sera là pour nous votre devoir unique,
Et notre loi sera, sur ce point, tyrannique.

SAINT-JULIEN.

Code draconien que nous saurons bénir,
Impatients du soir devant nous réunir...

LAURE.

Oh! nous pourrons, le jour, avoir la causerie
S'il vous plaît d'interrompre ou votre rêverie,
Ou vos excursions, ou vos amusements ;
Si vous sollicitez, en un mot, nos moments.
Mais point de soins gênants, messieurs, je le répète :
Il n'est point de plaisir sans liberté complète.

ALFRED.

Ainsi donc, carte blanche !... Et nous pouvons user
De cette liberté qu'on vient d'autoriser...
Moi comme vous, mes bons... car s'il sent l'esclavage,
L'amphitryon devient un fade personnage :
Il rit en grimaçant, et sa morne gaîté

Le fatigue d'un masque honnêtement porté.
J'en délivre mon front, et je mets en pratique,
Le premier, cette loi de liberté rustique :
Je vous quitte... Je veux savoir où nous pourrons
Lancer l'agile cerf que demain nous courrons. .

EDGAR.

A merveille!

ALFRED, à Edgar.

Et je vais ordonner que l'on selle
Pour vous, mon cher Edgar, ma jument Arabelle.
Vous aimez le cheval...

EDGAR, avec feu.

C'est une passion !

ALFRED, à Edgar.

Vous aurez fort souvent cette distraction.

EDGAR, à Alfred.

Ami rare!... Je cours m'éperonner...
(Il sort.)

Scène II.

FERNAND, SAINT-JULIEN, LAURE, ADÈLE.
ALFRED.

ALFRED, *bas à Adèle.*

De grâce,
Venez me retrouver tantôt sur la terrasse :
Nous organiserons nos bonheurs...

ADÈLE, *bas à Alfred.*

Je m'y rends...

ALFRED, *se disposant à sortir, et saluant Adèle. — Haut.*

Je vous reviens, madame...

FERNAND, *à Alfred*

A propos, je t'apprends
Que, rencontrant hier l'original de Baine
A l'heure où je partais pour ton royal domaine,
Je l'ai complaisamment invité... de ta part,
Et sans doute il dispose à présent son départ.
Tu le verras demain, toujours froid et sévère,
Te traitant gravement... comme un saint qu'on révère.
Il n'a jamais compris la touchante amitié;
Il la craint, il l'évite... il la prend en pitié.

Le nom d'ami lui donne une fantasque fièvre,
Et ne sonne jamais sur sa railleuse lèvre.
Et poussant jusqu'au bout l'originalité,
A l'égal de la peste il fuit l'intimité...
Toujours il dit *monsieur*, même à ses camarades,
Pour qu'un certain respect lui sauve leurs boutades.
Le sans-façon le fâche, et l'on doit l'héberger
Non pas comme un ami, mais comme un étranger.
C'est un homme excellent... mais à qui le cœur manque.
Sortez-le dés dîners... et des billets de banque,
Il ne connaît plus rien... Et c'est ainsi qu'en lui
Se résument, hélas! les hommes d'aujourd'hui!...

  (Serrant la main d'Alfred.)

Nous nous exceptons, nous, car l'amitié nous lie;
Ce n'est point à nos yeux une amère folie;
Et loin de la cribler de traits sots et moqueurs,
Sectateurs plus fervents, nous l'ancrons dans nos cœurs...

  (Abandonnant la main d'Alfred.)

Ainsi tu peux compter sur un nouveau convive.

ALFRED.

L'original sera bien reçu... s'il arrive.

FERNAND, *à Alfred.*

J'ai librement usé du droit d'intime ami
En l'invitant pour toi... Ce n'est point à demi
Que j'aime, moi, mon cher... et tu le sais de reste :

Je décuple Pylade auprès d'un autre Oreste !

ALFRED.

Et pour me le prouver, mon cher Fernand, suis-moi
J'ai peut-être un service à réclamer de toi.

FERNAND, *résigné*.

Je te suis... (*A part.*) Bon ! voilà déjà qu'il m'importun
Moi qui voulais tenter de nouveau la fortune
Près de sa femme sourde à mes aveux !...

ALFRED, *sortant, à Fernand.*

Viens-tu ?

FERNAND, *à Alfred.*

Oui... (*A part.*) Différons encor pour vaincre sa vert
(*Saluant respectueusement Laure et Adèle.*)
Mesdames...

(*Il sort avec Alfred.*)

Scène III

SAINT-JULIEN, LAURE, ADÈLE.

LAURE, *avec effusion.*

T'ai-je bien remerciée, Adèle ?

De la douce amitié tu restes le modèle...
A peine as-tu reçu ma lettre que tu viens...
C'est charmant... Nous allons resserrer nos liens...
Nous nous négligeons trop, et mon mari lui-même
Me paraît peu galant pour la femme que j'aime.
Il te sait gré pourtant de tes soins empressés
Quand naguère mes jours te semblaient menacés :
Tu n'abandonnais pas ta pauvre camarade,
Et tes bontés de sœur soulageaient la malade.
Depuis, plus rarement je t'ai vue... et pourquoi?...
Mais enfin mon mari s'est souvenu de toi,
Et ton nom prononcé, suivi de ma missive,
Nous permet d'échanger une amitié plus vive...
  (Pressant la main d'Adèle.)
Que je te remercie encore !...

ADÈLE.

    Mais tu ris...
Mon mari te l'a dit, j'étouffais à Paris ;
Et, me sacrifiant, je devais faire en Suisse
Un voyage avec lui... J'échappe au sacrifice...
Et je n'ai pas perdu pour te voir un instant...

LAURE.

Bonne Adèle !...

ADÈLE.

   On court vite où le cœur est content...
Mais permets qu'un moment chez moi je me retire :

7

Ma mère attend ma lettre, et je lui dois écrire.

LAURE.

Oublierais-tu déjà ce qu'ici j'ai dicté?
Tu peux donc, chère amie, agir en liberté...

ADÈLE, *sortant, à Laure.*

A tantôt...

LAURE.

Je t'attends.

Scène IV.

SAINT-JULIEN, LAURE.

SAINT-JULIEN.

        Seuls enfin !... L'espérance
Doit-elle entrer au cœur brisé par la souffrance?
Vous m'avez appelé, vous m'avez fait venir...

LAURE.

Non : d'un ami, monsieur, l'unique souvenir
A tout fait... Seulement j'ai gardé le silence
Quand j'ai de son projet reçu la confidence :
Je n'ai point combattu son invitation...
Je l'aurais dû, peut-être...

SAINT-JULIEN.

Oh ! non !... ma passion
Est pure, est chaste, est sainte.. et vous pouvez entendre..

LAURE.

Je ne crois pas, monsieur, à ce sentiment tendre
Qui doit toujours garder sa noble pureté...
L'espoir naît... et le crime a bientôt attristé !...

SAINT-JULIEN.

Le crime !... Eh ! quel est donc, en vérité, ce crime?
Un nœud, devenu lourd, madame, vous opprime....

LAURE.

Qu'en savez-vous?

SAINT-JULIEN.

Je sais que votre indigne époux
N'est pas ce qu'il devrait, madame, être pour vous...
Le crime est d'étouffer une jeune existence,
Comme un moine insensé, dans une pénitence !
Laissons-nous entraîner par le cœur toujours sûr,
Et ne repoussons pas surtout un amour pur...
N'en doutez pas, madame, il n'est dans ma pensée
Rien dont vous puissiez être à bon droit offensée.
Depuis six mois je souffre : avez-vous remarqué
Que le respect vous eût un seul instant manqué?
Le passé vous répond de l'avenir, madame...
Non, non, ne craignez point une outrageuse flamme...

Il est un nom rempli d'ineffable douceur ;
Ce nom, c'est mon seul vœu : soyez, soyez ma sœur. .
Dans mon isolement j'ai besoin d'une amie...
Et que notre amitié, par l'estime affermie,
En inondant nos cœurs d'un bonheur sans remord,
 (*Appuyant.*)
Retarde le moment du bonheur dans la mort !...

LAURE.

Retarde !... que veut dire une telle parole ?

SAINT-JULIEN.

Ah ! ne savez-vous pas combien l'amour désole
Quand la femme adorée, échappant à nos yeux,
Sans sécher notre pleur, va chercher d'autres cieux !...
Vous vous faisiez barbare !... Et vous devez comprendre
Qu'il serait un parti que ma main saurait prendre
Si mon tourment secret se devait prolonger...

LAURE, *avec calme.*

Non, je ne comprends pas qu'il peut être un danger.

SAINT-JULIEN.

Un danger !... Vous avez dû lire *Marguerite*,
Cette page du cœur par le cœur même écrite :
Étienne aimait, madame... Étienne aussi souffrait...
Étienne s'est lassé des maux qu'il endurait...
Il chassait... Et son corps, étendu sur la terre,
Déjà froid, attestait l'accident... volontaire !...
Je chasse aussi demain...

LAURE, *effrayée.*

Grand Dieu !...

SAINT-JULIEN.

Vous frémissez...
Ah! n'est-ce pas, mes vœux sont enfin exaucés?...
Vous m'aimez!... Nous pourrons porter la tête haute :
Notre amour exclura la faiblesse et la faute...
Cessez donc de baisser vos yeux craintifs...

LAURE, *avec prière.*

Partez...

SAINT-JULIEN.

Je vous reverrai seule?

LAURE, *pâle et tremblante.*

On peut venir, sortez....

SAINT-JULIEN, *se retirant.*

Je me soumets... J'attends...
(*Regardant Laure avec un sourire heureux, — à part.*)
Combien elle est émue!...
(*Avec une joie brutale, — à part.*)
Elle est à moi!....

LAURE, *étonnée, — à elle-même.*

Quel trouble!...

7.

SAINT-JULIEN, *sortant, avec la même expression de joie,
— à part.*

Enfin !!...

LAURE, *seule, assise, laissant tomber sa tête dans ses
mains, avec désespoir.*

Je suis perdue !...

ACTE DEUXIÈME.

Même décoration.

———

Scène première.

ALFRED, LAURE.

*Alfred, étendu nonchalamment dans un large fauteuil,
lit un journal. — Laure est assise à quelque distance
de lui, un éventail à la main.*

LAURE, *regardant Alfred absorbé par sa lecture.*

Entretien de mari!...

ALFRED, *rejetant le journal après quelques instants
de lecture, et se levant.*

Que font donc nos amis?
Des fatigues d'hier ne sont-ils pas remis?
Quand midi va sonner, on les attend encore,
Eux qui juraient si bien de devancer l'aurore!

LAURE.

Laissez-les reposer... Ce temps est si brûlant
Que, dès le matin même, on se sent indolent...
Moi-même j'avais peine à me lever... Peut-être
Au dîner de ce soir ne pourrai-je paraître.

ALFRED.

Quel caprice !...

LAURE.

Je suis indisposée...

ALFRED.

Allons !
Nous nous portons toujours fort bien quand nous voulons...

LAURE.

Vous êtes dur pour moi... Non : je crois reconnaître
Que mon mal d'autrefois menace de renaître...
Il me faudrait les Eaux...

ALFRED.

De plus fort en plus fort...
Comme chez Nicolet !...

LAURE.

Vous pouvez avoir tort
De plaisanter, monsieur...

ALFRED.

Vous seule êtes plaisante...

LAURE.

Vous m'accompagneriez...

ALFRED.

Promenade amusante !..
Je déteste les Eaux... Et d'ailleurs pouvez-vous,
Lorsque de bons amis se groupent près de nous,
Rêver l'éloignement qui semble vous sourire ?
Très-sérieusement, c'est vous qui voulez rire !...

LAURE.

Comme vous me parlez !... quel ton sec et brutal !...
Est-ce bien là, monsieur, le respect marital?

ALFRED.

Bon ! achevez... grondez !...

LAURE.

Conduite singulière !
Qu'une femme vous soit tout à fait étrangère,
Vous la comblez de soins, vous l'accablez d'égards ;
Vos voix ont la douceur qui luit dans vos regards ;
Vous lui prodiguez tout, jusqu'à la flatterie...
Et, courbés, vous jouez même l'idolâtrie !
Mais près de nous, pour nous, vous relevez le front ;
Vous sifflez le sarcasme ou grommelez l'affront...

Vous osez même aller jusques à la colère...
Vous n'avez plus besoin de séduire et de plaire :
Vous êtes nos maris!... Et tout vous est permis :
Vous trônez en tyrans sur des sujets soumis...
Abdiquant la bonté, déposant la noblesse,
Vous écrasez du pied notre triste faiblesse...
Qu'importe que nos cœurs se gonflent de douleurs !
Qu'importe que nos yeux se remplissent de pleurs!...
Vous riez !... Vous riez si nous sommes jalouses
D'ingrates privautés... Nous sommes vos épouses!

ALFRED.

Tudieu !... quelle éloquence!... et quelle vérité !
S'il est faux, le portrait n'est pas du moins flatté...

LAURE.

Ah ! tenez, vous feriez haïr le mariage !

ALFRED.

Prenez garde : on va loin avec un tel langage !

LAURE.

Eh quoi ! faut-il jamais ne connaître l'amour ?
Faut-il n'avoir jamais dans la vie un beau jour ?
Heureuse, j'achevais à peine mon enfance...
Je m'ouvrais aux gaîtés de mon adolescence...
Et vous vous présentez, et quelques jours après,
.De notre mariage on faisait les apprêts...
Sympathisions-nous? non... ma fortune et la vôtre

Nous avaient — le dirai-je ? — accouplés l'un à l'autre...
Le mot est grossier... oui, mais il est juste aussi...
Ah ! l'on n'est point époux lorsqu'on s'unit ainsi :
On est deux forçats joints par une même chaîne,
Et l'on maudit la loi dont la puissance enchaîne !
Honneur, honneur à ceux qui, sourds à l'intérêt,
Consultent pour s'unir et le goût et l'attrait,
Et, prenant leur cœur seul pour dieu de l'hyménée,
Rendent son auréole à la foi profanée !
Naguère un tel exemple est descendu de haut :
L'Amour a mis enfin le calcul en défaut ;
Et du nœud qu'il consacre ennoblissant l'histoire,
Ce dieu — longtemps déchu — se relève avec gloire !...
Et honte, honte à ceux qui sur un front d'enfant
Impriment pour sa dot un baiser triomphant !
Savez-vous ce qu'on fait ?.. mais on nous prostitue !
Savez-vous ce qu'on fait ?.. oui, monsieur, l'on nous tue !..
Je n'ai point oublié quel fut le premier jour...
Le sein bat de dégoût s'il ne bat point d'amour !...
Cependant j'ai cherché dans le fond de mon âme
Une étincelle afin de produire une flamme :
Je voulais vous aimer... J'allais y parvenir
Quand j'ai vu vos bontés décliner... et finir...
Qu'ai-je fait ? rien, sans doute : à la coupable femme
On ne ménage point la censure ou le blâme...
Et vous ne m'avez rien reproché... jusqu'ici...
Et votre cœur si froid s'est encor plus transi !
Depuis ma maladie...

ALFRED.

Allons, bon !

LAURE.

Oui, j'invoque

Vos souvenirs depuis cette néfaste époque :
Depuis ce temps surtout fûtes-vous mon époux ?

ALFRED, *riant avec ironie.*

Moi ?

LAURE.

Je comprends ce rire... il est digne de vous !...
Oui, vous m'avez prouvé que je vous suis unie
Quand vos désirs... Assez ! c'est une ignominie !...
Le voile est nécessaire à ces faits sans pudeur,
Et vous ne devez point exciter ma rougeur...
Depuis ces trente mois, enfin, pouvez-vous dire
Quel fut votre doux soin, quel fut votre sourire ?
Et quand je vous préviens d'un mal... qui peut venir ;
Quand je tente de fuir un pénible avenir,
Quand j'émets un désir que m'inspire une crainte,
C'est vous qui murmurez je ne sais quelle plainte !...
Vous redoutez de perdre un seul de vos plaisirs,
Et je vous dois laisser à vos libres loisirs...
Je souffrirai... Tant mieux, sans doute !...

ALFRED.

En conscience,

Je viens de mériter le prix de patience,
Convenez-en, ma chère... et cet époux affreux

A quelque chose encor de bon, de généreux,
Puisqu'il veut bien permettre à l'esprit de sa femme
De briller... par l'éclat d'un discours qui diffame !...
Démosthène nouveau, votre accent... si touchant...
Dont vous vous enivrez, vous charme.. comme un chant..
Je n'ai point arrêté ce bel air... sans musique...
Et je crois avoir droit...

LAURE, indignée.

Il se fait ironique !...

ALFRED, changeant de ton et s'animant par degrés.

Non : si vous le voulez, devenons sérieux.
Savez-vous ce que sont vos traits injurieux ?
La preuve qu'il nous faut une loi... charitable,
Interrompant le cours d'un destin lamentable ;
Semant sur notre route encore quelques fleurs ;
Rouvrant l'âme à l'espoir, fermant les yeux aux pleurs ;
Changeant en paradis l'enfer ; brisant l'entrave ;
Inoculant l'air libre aux poumons de l'esclave ;
Débarrassant le cœur d'un amour imposé ;
Délivrant le martyr d'un amour abusé ;
Restituant l'essor, l'ardeur, le feu, la force...
Ressuscitant, enfin, Lazare... Le divorce ! ! !

LAURE.

Puis-je, à mon tour, vanter votre belle chaleur ?...
On voit que l'hymen cause aussi votre malheur...
Sans attendre la loi, nous pouvons, ce me semble,

8

Pour quelque temps, du moins, cesser de vivre ensemble :
Je puis rester deux mois aux Eaux...

ALFRED.

Sans moi ?

LAURE.

Comment !
Vous feriez-vous jaloux ?

ALFRED

Non pas, assurément !
Je ne m'affuble point d'un pareil ridicule...
Mais je dois pour mon nom avoir quelque scrupule :
Seule aux Eaux, l'on pourrait...

LAURE.

Je puis tout arranger :
Adèle sauvera votre nom du danger :
Je lui demanderai...

ALFRED, *brusquement.*

Quand elle arrive à peine,
De partir avec vous?... Ce serait d'un sans gêne...

LAURE.

Une amie !... Et d'ailleurs je lui ferai plaisir...
Et je lui veux tantôt avouer mon désir.

ALFRED.

Soit : parlez... Mais où sont nos amis? L'heure passe...

Sont-ils décidément victimes de la chasse ?

Sont-ils morts ?... Je vais voir... car je suis inquiet ..

    (*A part.*)

Oui, courons avertir Adèle du projet,

Et prendre son avis afin de le détruire

Sans qu'à notre bonheur un soupçon puisse nuire.

                (*Il sort.*)

Scène II.

LAURE, SEULE.

Non, il ne m'aime pas... il n'aimera jamais

La femme que l'on rive à son pied désormais

Comme on rivait jadis le boulet des galères !...

Et, victime, je dois irriter ses colères !

Quel supplice pour lui !... quel supplice pour moi !...

Et l'on force nos fronts à plier sous la loi !...

Honte et malheur !... Mon Dieu, que de fois, insensée,

J'ai caressé gaîment une sombre pensée !...

Je voyais de mes jours s'éteindre le flambeau,

Et ma première joie éclatait au tombeau !...

J'étais folle !... Je suis folle encore, à cette heure...

Non ! Dieu ne permet point que lâchement on meure...

Je vivrai... Mais j'aspire à l'ivresse, au bonheur...

J'aspire... Qu'ai-je dit ?... j'immolerais l'honneur !...

Non ! non ! je contiendrai le penchant qui m'emporte...

Mais que m'a-t-*il* promis? Et ne puis-je être forte ?
Un mari m'abandonne... Eh bien! je puis donner
Ce cœur qu'il ne sait pas noblement s'enchaîner...
Il me fait libre... Eh quoi ! parce qu'il me délaisse,
J'irais sous un linceul endormir ma jeunesse...
Je mourrais avant l'âge!... Et je mourrais... comment?
En sentant de mon sein le vivant battement!...
Ce serait du délire !... Oui, j'agréerai ce frère
Qui me tend une main pure, noble, sincère :
La rougeur à mon front ne pourra pas monter,
Et je saurai, du moins, ce que c'est qu'exister !...

Scène III.

FERNAND, LAURE.

FERNAND, *prenant un air passionné.*

Seule enfin... Je puis donc rappeler...

LAURE, *sévèrement.*

Que veut dire...

FERNAND.

D'un mot sévère encore allez-vous m'interdire?
A peine vous m'avez naguères entendu :
Par un regard hautain vous m'avez confondu.
Mais en n'empêchant pas que votre époux m'invite,
Vous-même avez permis un but à ma visite...

LAURE, *plus sévèrement.*

Moi, monsieur!...

FERNAND.

Bannissez cette sévérité...
Ne soyez point rebelle à la félicité...
Connaissez-la... Mon Dieu! n'est-il pas manifeste
Que vous portez le poids d'une union funeste?..
Vous êtes isolée en vivant à côté
De l'homme qui vous plie à son autorité...
Il ne méritait point de vous avoir pour femme...

LAURE.

C'est votre ami, monsieur !

FERNAND.

Raison de plus, madame,
Pour que je sache bien ce qu'il est, ce qu'il fait.
De ses secrets parfois l'aveu m'a stupéfait :
Il ne me cache rien, et je pourrais redire
Des mystères d'hymen qu'il se plaît à me dire...

LAURE.

C'est scandaleux! c'est fou!...

FERNAND.

C'est un homme sans cœur,
Qui jette son sourire impudemment moqueur
A tout ce qu'on proclame et saint et respectable...

Et vous vous courberiez sous ce joug lamentable
Sans compensation, sans un de ces plaisirs
Qui font dans tous les cœurs bouillonner les désirs !...
Non ! ce serait, madame, une aveugle démence...
Préférez qu'avec moi votre bonheur commence...
Je puis...

LAURE.

Assez, monsieur !... C'est trop flétrir celui
Qui vous a librement appelé près de lui !...
C'est trop m'outrager, moi, qui le respecte et l'aime !...
Pour infliger la peine à votre audace extrême,
Je pourrais tout redire, et vous faire chasser
Par l'ami qu'à ce point vous osez offenser...
Mais, non : restez... C'est moi qui, trop souvent malade,
Déserterai ces lieux pour Bagnère ou pour Bade....
Malheur à vous, monsieur, si, répétant l'affront,
Vous faites d'ici là rougir encor mon front :
Je ne cacherai plus l'impardonnable outrage,
Et mon mari, sans doute, aura quelque courage !...

(Elle sort.)

Scène IV.

FERNAND, SEUL.

Ah ! diable ! quel courroux ! quelle sainte vertu !. .
J'en ai l'âme énervée et l'esprit abattu !...
Une femme fidèle à ce point !... c'est sublime !...
Mais a-t-elle vraiment ce beau titre à l'estime ?
N'éprouve-t-elle pas un penchant bien secret ?
Ne jouit-elle pas d'un bonheur bien discret ?
D'une rouerie, enfin, ne suis-je pas la dupe ?...
Aimer son mari !... non !... un autre soin l'occupe...
J'ai cru voir sur ses traits l'empreinte d'un souci...
Peut-être un homme heureux se trouve-t-il ici ? ..
J'épierai.. Mais on vient...

Scène V.

DE BAINE, FERNAND.

DE BAINE, *prononçant lentement.*

            C'est un fort beau domaine...
Debout avec le jour, partout je me promène,

Et j'admire partout... Mais je ne puis donner
Mon éloge au signal de notre déjeuner :
L'oreille ouverte au vent, j'attends en vain qu'on sonne
Ce moment d'apaiser la faim qui s'aiguillonne
Sous l'air vif du matin, sous la fraîcheur des bois
Que je viens d'arpenter déjà deux ou trois fois...
Ce repas, je l'avoue, est celui qui m'enchante :
Au corps qui se réveille il rend la force absente...
Car on ne mange point, par malheur, quand on dort...
Il est vrai qu'à la fois, le dîner me plaît fort...
Car vivre, c'est manger... mais manger comme on mange
Quand l'aliment offert mérite la louange...
Je ne tolère pas les médiocres mets :
Pour m'en servir, on peut ne m'inviter jamais...
Je n'ai pris part encor qu'au dîner d'hier... Peste !
Votre ami s'y connaît, monsieur, je vous l'atteste ! ..
On n'est pas plus friand, plus gourmet, plus exquis...
  (Serrant la main de Fernand.)
Et mon remercîment, d'honneur, vous est acquis !

FERNAND.

Trop heureux, cher ami...

DE BAINE.

  Moi, votre ami !...

FERNAND, *souriant.*

   C'est juste...

DE BAINE, *gravement.*

Dans ce titre d'ami je vois un titre auguste,
Et croyant franchement ne point le mériter,
Sans l'offrir, je m'abstiens aussi de l'accepter.
J'ai lu l'œuvre immortelle où Montaigne initie
A son affection pour de La Boëtie :
« Je l'aimais, nous dit-il, parce que j'étais lui,
» Parce qu'il était moi... » — C'est divin !... Aujourd'hui
Comprend-on seulement cette amitié suprême ?...
Le monde n'a, monsieur, qu'un égoïsme extrême !...
Hormis vous, — pourrait-on , dans ce monde éhonté,
Trouver l'ami qu'Horace et Catulle ont chanté ?
Non , non !... Et le premier me confessant indigne,
J'exclus un nom qui n'est qu'une impudence insigne !

FERNAND, *souriant.*

C'est de la franchise...

DE BAINE.

Oui, c'est de la netteté !...

FERNAND.

Et souffrez le mot cru, c'est de l'habileté :
Vous l'avouez tout haut, vous êtes gastronome...

DE BAINE, *piqué.*

Mais...

FERNAND, *vivement.*

Eh ! parbleu ! sans nuire au nom de galant homme...

Eh bien ! vous avez peur qu'on n'agisse envers vous
De même qu'on agit quelquefois envers nous :
On écarte la gêne, on nous offrirait presque
Le jus noir, le brouet peu gargantualesque
Dont Lycurgue se fit le Vatel... mais, hélas !
Sans l'eau dont l'embaumait l'odorant Eurotas...
Un tel mets ne saurait vous convenir, sans doute...
Et le cœur est muet quand l'estomac redoute !...
Après tout, vous avez raison, monsieur... Tenez !
Nous étions, à coup sûr, contents... mais vous venez,
Vous l'étranger à qui l'on veut plaire, et la table,
Excellente déjà, devient plus confortable ;
Le champagne manquait, il saute en votre honneur,
. Et la folle gaîté double votre bonheur :
C'est vous qui souriez près de l'aimable hôtesse...
Tandis que, dévorant sa jalouse tristesse,
L'ami peste à son bout, où quelque vent coulis
A son cou frissonnant glisse un torticolis...
Car, s'il est une place à côté d'une porte
Par où cent fois de suite et l'on entre et l'on sorte,
C'est toujours à l'ami qu'on la réservera...
C'est lui qui, maugréant, sans manger dînera !
Heureux encor vraiment qu'on n'ose point le mettre
A la cuisine, avec les serviteurs du maître !...
Pauvre ami !.. que de fois ne l'invite-t-on pas,
Pour comble de sans-gêne, aux somptueux repas !
Un convive de plus accroîtrait la dépense,
Et d'une honnêteté l'amitié se dispense,

Semblable à ce ministre à qui l'on demandait
Pour autrui quelque grâce, et qui vous répondait :
« Mais votre protégé, mon très cher, est des nôtres,
» Et nous devons garder notre faveur pour d'autres. »
Adversaire, étranger, chacun d'eux voit pleuvoir
Les bienfaits que souvent l'ami ne peut avoir...
Mon Dieu, c'était hier : une lourde monture
Près de votre pur-sang faisait triste figure :
Par le choix d'un ami, quel chasseur bondissait
(Geste de douleur à la partie attaquée.)
Sur cet affreux cheval... qui m'endolorissait !...
Oui, vous avez raison de bannir ce faux titre,
Et d'être, sans pitié, railleur sur ce chapitre.
Parfois on donne au cœur une rude leçon,
Et l'amitié se tue avec son sans-façon !...

DE BAINE.

J'aime cette verdeur, j'aime cette critique...
Et vous me devenez, monsieur, plus sympathique.

FERNAND.

Hier encor, pour vous, comment m'a-t-on traité ?
Veut-on me faire aussi haïr l'intimité ?
J'occupais une chambre agréable, et notre hôte,
Prompt à vous y loger, brutalement me l'ôte,
Et me parque au donjon, dans un vrai nid à rats...
C'est atroce !... O monsieur, les amis sont ingrats !...

DE BAINE.

La maxime n'est pas consolante... ni neuve...

(*Tirant un papier de sa poche.*)

Les amis sont ingrats!... oui, j'en tiens une preuve :
Ce matin, en sortant de mon appartement,
J'ai trouvé ce billet qui révèle un amant.

FERNAND.

Un amant !

DE BAINE.

Un ami qu'avec joie on convie,
Et qui nous récompense en troublant notre vie !
J'avais, hier au soir, cru saisir un souris
Qui trahissait des feux secrètement nourris...
Je ne me trompais pas : l'ami célibataire
Veut conclure en ces lieux un hymen... sans notaire.

FERNAND.

Expliquez mieux...

DE BAINE, *remettant le billet à Fernand.*

Voici le billet qui dit tout.
C'est à vous, ami franc et délicat surtout,
Révolté comme moi d'une espérance infâme,
De protéger notre hôte et de sauver sa femme.

FERNAND, *prenant le billet.*

C'est mon devoir : je suis pour eux un frère...

(*Son d'une cloche au dehors.*)

DE BAINE, *entendant ce signal du déjeuner.*

Enfin !...
Venez, en attendant, contenter notre faim...

FERNAND.

Je lis et je vous suis.

(*De Baine sort.*)

Scène VI.

FERNAND, SEUL, — *lisant le billet :*

« Quoi ! pas un tête-à-tête !
» Toujours auprès de vous un importun s'arrête...
» Que ce mot crayonné, dans votre main glissé,
» Vous rappelant l'espoir dont vous m'avez bercé,
» Obtienne un rendez-vous... car j'ai tant à vous dire !...
» Madame, ayez enfin pitié de mon martyre... »
(*Repliant le billet, et le mettant dans sa poche.*)
Voilà donc les vertus dont elle suit la loi...
Elle donne l'espoir... On l'aime... Elle est à moi !...

9

ACTE TROISIÈME.

Une des allées du parc, ombragée d'arbres. — Allées latérales.
Au fond, bois touffu.

Scène première.

ALFRED, SAINT-JULIEN, FERNAND, EDGAR, LAURE, ADÈLE.

FERNAND.

Après le déjeuner, la promenade plaît...

ALFRED, *frappant sur le ventre de Fernand.*

Surtout, mon cher Fernand, quand on devient replet...
Tu prends du ventre... Hélas! tes trente-neuf ans sonnent,
Et tu vas posséder les agréments qu'ils donnent :
Cheveux gris, fausses dents, yeux ternes, front ridé...
Tu n'es pas beau déjà sous ton derme fardé,
Et tu seras plus laid encore... c'est ma crainte...
Et le temps si cruel méritera ta plainte...

EDGAR, *riant.*

Bien touché!..

FERNAND.

Vous trouvez?.. Voilà donc les amis!
Tout, pour un trait d'esprit, à leur verve est permis...
Ils sacrifieraient même une amitié d'enfance
Au plaisir d'un bon mot encadrant une offense!..
L'ami, c'est un plastron...

(*A Alfred.*)

Et je te sais bon gré
De m'apprendre combien ce titre t'est sacré.

ALFRED, *à Fernand.*

Tu fais le sérieux, mon plaisant camarade...

FERNAND, *avec insouciance.*

Non...

ADÈLE.

Mais continuons, messieurs, la promenade.

ALFRED, *à Adèle.*

Prenez mon bras, madame...

EDGAR, *à Saint-Julien.*

Et nous, suivons...

SAINT-JULIEN, *avec intention, en regardant Laure.*

Je vais
Chercher au fond du parc l'ombrage plus épais.

Alfred, Adèle et Edgar disparaissent dans une allée laté-
rale. — Saint-Julien se dirige vers le fond, et dispa-
raît aussi derrière des arbres.

Scène II.

FERNAND, LAURE.

FERNAND.

Arrêtons-nous ici...

LAURE, *dédaigneusement, et se disposant à suivre Alfred.*

Dans quel but?...

FERNAND.

Je réclame,
Dans votre intérêt même, un entretien, madame.

LAURE, *s'arrêtant.*

Dans mon intérêt?

FERNAND.

Oui... Je vous ai dit mes vœux,
Et vos saintes vertus ont flétri mes aveux...
Vous m'avez refusé jusques à l'espérance...
Mais vous avez d'un autre écouté la souffrance...

LAURE.

Vous voulez raviver mon indignation?

FERNAND, *s'échauffant, et tirant de sa poche le billet*
du 2° acte.

Je veux pour vos dédains votre confusion...

LAURE, *avec un sourire ironique.*

Me confondre !...

FERNAND.

Avez-vous lu, madame, une lettre
Que d'une main furtive on vous a dû remettre?
L'avez-vous égarée?

LAURE.

Une lettre?

FERNAND.

Un billet...

LAURE.

Un billet égaré?

FERNAND, *présentant le billet ouvert.*

Lisez-le, s'il vous plaît...
(*Appuyant.*)
C'est *lui* qui l'a perdu, je le vois...

LAURE, *prenant le billet.*

Qu'est-ce à dire?...

FERNAND.

Votre farouche cœur ne sait point interdire

A tous les soupirants un espoir...

LAURE, *après avoir lu le billet.*

Mais ce mot,

De qui le tenez-vous ?

FERNAND.

Je l'ai trouvé tautôt...

Je connais le mari de votre amie Adèle ;
C'est une exception : c'est un mari fidèle...
Et seul Saint...

LAURE, *interrompant, et rendant le billet.*

D'un tel mot, que je saurai blâmer,

Qu'osez-vous espérer, monsieur ?...

FERNAND, *vivement.*

Me faire aimer

Au lieu de ce rival dont l'ardeur est suspecte :
On n'aime pas, madame, à moins qu'on ne respecte...
Est-ce vous respecter que vous écrire ainsi,
Surtout quand du billet on a si peu souci
Qu'on le laisse traîner, au risque qu'il éclaire,
En tombant sous sa main, l'époux... dont la colère...
    (*Mouvement de Laure.*)
Vous frissonnez, madame... Oh ! je suis plus discret :
Je sais m'ingénier pour garder un secret...
J'aime mieux... J'aime, moi !... Vous n'êtes point aimée
Par l'auteur imprudent de la lettre blâmée :

Il joue avec l'amour : c'est un hochet pour lui ;
Il trahira demain ce qu'il jure aujourd'hui...
C'est mon ami : je sais quelle est sa perfidie,
Quelle est de ce roué l'habile comédie...
Méprisez-le, madame, et cherchez le bonheur
Près de l'homme jaloux de sauver votre honneur...

LAURE.

Mon honneur!... C'est vraiment trop tolérer l'audace...
Vous partirez, monsieur!...

FERNAND.

> Oui, pour céder la place
A mon rival!...

LAURE, *indignée.*

> Encore !...

Scène III.

SAINT-JULIEN , FERNAND, LAURE.

SAINT-JULIEN , *se montrant à l'extrémité de l'allée, — à*
Laure.

> Eh bien ! vous demeurez,
Madame, en cette allée?...

LAURE, *à Saint-Julien.*

Ah! venez!.. Vous saurez
Quel scandale est produit, monsieur, par votre faute...
Et j'aurai pour tous deux une parole haute...
     (*A Saint-Julien, arrivé sur le devant de la scène.*)
Indignement hardi, vous avez crayonné
Un billet qui m'était, n'est-ce pas, destiné?

SAINT-JULIEN, *étonné.*

Mais, madame...

LAURE.

Monsieur, qui prétend à me plaire,
Vient, ce billet en main, réclamer son salaire!

SAINT-JULIEN, *fouillant dans sa poche.*

Comment...

LAURE, *poursuivant.*

Il sera bon si j'ai de la bonté...
Il se fera méchant pour ma méchanceté...
Et peut-être il saura vous accuser...

SAINT-JULIEN, *ayant inutilement cherché sur lui le billet.*

L'infâme!

FERNAND.

L'infâme est celui-là qui veut flétrir la femme
De l'homme confiant qui l'appelle un ami...
Moi, je n'ai...

SAINT-JULIEN, *furieux.*

Ne sois point impudent à demi...
Parle de tes vertus, — fourbe et lâche !...

LAURE, *effrayée.*

Je tremble...
Séparez-vous, messieurs...

FERNAND, *avec raillerie.*

L'amitié nous rassemble !...

SAINT-JULIEN.

Effronté jusqu'au bout !...

Scène IV,

DE BAINE, SAINT-JULIEN, FERNAND, LAURE.

DE BAINE.

Bon !... j'arrive à propos...
Le mot est d'un ami... J'interromps mon repos
Pour reprendre avec vous, messieurs, mes promenades,
Et j'assiste au conflit de deux vieux camarades !...

SAINT-JULIEN, *indiquant Fernand.*

A-t-il jamais connu l'amitié !...

DE BAINE, *à Saint-Julien.*

Mais l'amour,
Vous le connaissez, vous?

FERNAND, *à de Baine.*

Frappez à votre tour...
(*A Saint-Julien.*)
De Baine a lu, mon cher, votre épître amoureuse...

DE BAINE.

C'est moi qui l'ai trouvée...

FERNAND.

Et sa main... généreuse
Me la donnait afin que je pusse éclairer
Celle qu'avec vos vers il vous plaît d'égarer...

DE BAINE.

Et le mari surtout... Car vraiment je m'indigne
Du masque que revêt la fourberie insigne..
A ces maris naïfs on promet l'amitié...
Et lorsque l'habile homme avec eux s'est lié,
Il courtise la femme, et frappe le ménage
Du stigmate secret de son concubinage !...
Et la femme, expiant cruellement ses torts,
Plus tard, avec ses pleurs, dévore ses remords...
Car il n'est point d'amant qui demeure fidèle :
Lassé de ses plaisirs, il s'éloigne et rit d'elle...

Et le mari, qui souffre en la voyant souffrir
D'un mal inexpliqué qu'il ne peut secourir,
Est victime deux fois du crime abominable...
Ou bien, s'il le découvre, à bon droit implacable,
Il venge son honneur sans merci, sans pitié,
Et conspuant l'amour, exècre l'amitié!...
Qu'au contraire l'ami hardiment se supprime,
Qu'on lui ferme la porte, et l'on proscrit le crime :
Il n'est plus d'adultère, et l'on garde pour soi
La femme qui prit Dieu pour témoin de sa foi!...

LAURE, émue.

Oui, Dieu!...

DE BAINE.

Chose incroyable!... on maintient sa parole
Pour un jeu, pour un pacte ou coupable ou frivole :
Qu'on y manque, et soi-même on crie au déshonneur!
Mais qu'on fasse un serment d'où dépend le bonheur,
Qu'on le fasse à Dieu même, au sein de son église,
On s'en moque, et l'on croit l'infraction permise!...
Le monde fausse tout... Et si l'honneur périt,
Instigateur du mal, c'est lui qui le flétrit!...

FERNAND.

Quelle rigueur!...

LAURE.

C'est juste...

SAINT-JULIÈN, *à de Baine.*

Et c'est par le scandale
Que vous voulez ici fonder votre morale!..
Il fallait...

DE BAINE.

Oh ! je sais, monsieur, ce qu'il fallait :
Il fallait à vous seul remettre le billet,
Et vous autoriser à tromper...

SAINT-JULIEN.

Oh ! silence !
Ou je me lasserai de votre impertinence!...

LAURE, *tremblante encore.*

Messieurs...

SAINT-JULIEN, *à Laure.*

Mais je ne sais ce que cet homme dit...
Je ne sais quel amour... quel culte il interdit...
Est-ce de vous qu'il veut parler? Mais une femme,
Charmante comme vous, est près de vous, madame...
Et c'est elle....

DE BAINE, *apercevant Edgar au fond de l'allée.*

Voici le mari justement...
(Bas, à Saint-Julien, en souriant.)
Dites-lui que l'ami lui dérobe l'amant...

Scène V.

SAINT-JULIEN, EDGAR, FERNAND, DE BAINE,
LAURE.

EDGAR.

Votre bruyante voix nous arrivait confuse,
Et notre amphytrion — bon châtelain qu'amuse
Le spectacle des biens qu'en détail il fait voir
A ma femme qu'il guide à travers son manoir —
M'a dit : « Mais sachez donc, mon cher, ce qu'ils deviennent,
« Et priez qu'avec nous jusqu'à la ferme ils viennent. »
J'obéis... notre ami vous attend...

DE BAINE.

       Les amis
Sont bien près, je le crains, d'être des ennemis.

EDGAR.

Des ennemis ?

DE BAINE, *à Edgar.*

     Monsieur, que diriez-vous de l'homme
Qui — profitant du nom dont votre bonté nomme
Chacun de ces messieurs... et notre hôte excellent —
Couverait près de vous un désir insolent,
Et tendrait, sans respect pour l'épouse sacrée,
A joindre à votre main sa main déshonorée ?

EDGAR.

Bizarre question !

DE BAINE.

Mais enfin...

EDGAR.

Le mépris
D'une telle action serait le juste prix ;
Et je saurais porter sur la femme coupable,
Implacable envers moi, mon courroux implacable.

FERNAND, *souriant avec malice.*

Et l'amant pardonné...

EDGAR, *vivement.*

Quand la femme n'est plus,
Qu'importent d'un rival les soupirs superflus !

FERNAND.

Peste ! quel Othello !

DE BAINE, *à Edgar.*

Mais votre confiance...

EDGAR.

Eh ! qui donc prétendrait créer ma méfiance ?...
Je rougirais, monsieur, le premier d'un soupçon...

LAURE.

Le soupçon nous outrage, et vous auriez raison...

(*A Edgar et de Baine.*)

Mais, pardon... je vous laisse...

(*Bas, à Fernand et à Saint-Julien.*)

et demande pour elle...
En même temps pour moi... la fin de la querelle...

(*Salut réciproque. — Laure s'éloigne et se dirige
vers le château.*)

Scène VI.

EDGAR, SAINT-JULIEN, DE BAINE, FERNAND.

FERNAND, *à part.*

« Pour elle, » — a-t-elle dit, elle aussi!... Rompons tout :
A mon rusé rival portons le dernier coup...

(*Haut, à Edgar.*)

Mais on peut, cher baron, séduire par la grâce,
Et, sans rêver la faute, être en butte à l'audace...

(*Présentant le billet à Edgar.*)

Tenez, lisez ceci...

SAINT-JULIEN, *à part.*

Bien... tout sera sauvé...

EDGAR, *ayant le billet sous les yeux.*

Je vois un sentiment tristement éprouvé...

Le mal ne paraît pas bien grand, puisqu'on implore ;
Et la femme se peut sauvegarder encore...

FERNAND, *regardant narquoisement Saint-Julien, —*
à Edgar.

Et si la femme à qui ce mot est adressé,
Était la vôtre ?...

EDGAR *stupéfait.*

Adèle !

SAINT-JULIEN, *à Edgar.*

Oui, je fus insensé...
Oui, ma fatuité, jugeant mal un sourire,
M'a dicté ce billet que j'eus le tort d'écrire.
Par un hasard heureux, ce billet égaré
De celle qui devait le lire est ignoré :
Déchirez-le...

FERNAND, *vivement.*

Non pas !... L'énigme se complique...

SAINT-JULIEN.

C'est sans aucun détour, messieurs, que je m'explique...
    (*A Edgar.*)
Oui, pour un mot frivole en riant prononcé,
D'un chimérique espoir mon esprit s'est bercé...
Je me trompais moi-même... Humblement je m'accuse,
Et je crois mériter qu'un noble cœur m'excuse.

FERNAND, *à part.*

Le piége où je voulais l'entraîner serait-il,
Au contraire, l'abri le sauvant du péril?

EDGAR, *confondu, à Saint-Julien.*

Vous, mon ami! c'est vous!...

DE BAINE, *à Edgar.*

J'admire l'innocence...
(*Appuyant avec ironie.*)
Quoi! la sainte amitié par vous aussi s'encense!..
Un soldat de Cyrus, vainqueur par son cheval,
Vantait avec fierté le superbe animal :
« Tu ne le voudrais pas troquer contre un empire? »
Lui dit le roi. — « C'est vrai ; mais bien volontiers, sire,
» Si je pouvais trouver un ami, grâce à lui,
» Je le donnerais... »

EDGAR.

Oui, c'est encore aujourd'hui
Le langage à tenir : *Trouver un ami!...* Certe,
La recherche serait fort longue...

DE BAINE.

En pure perte !

EDGAR, *à Saint-Julien.*

J'admets votre regret, mais vous devez sentir
Qu'il ne me suffit pas d'un bénin repentir :

10.

Il faut entre nous deux désormais la distance,
Et non dans ce château la commune existence.
Si vous restez, monsieur, c'est moi qui partirai...

SAINT-JULIEN, *à Edgar*.

Vous resterez, monsieur : c'est moi qui m'en irai.
Et pour ne vous laisser sur ce point aucun doute,
Je vais tout disposer pour me remettre en route.

EDGAR.

C'est bien.

FERNAND, *à part*.

Je serai donc près d'*elle* seul ici...
Par delà mon espoir, ma foi, j'ai réussi!...

SAINT-JULIEN, *à part*.

Décidément, j'ai mal engagé ma partie,
Et je n'ai plus qu'à faire une habile sortie.
Alfred prendra le change, et je saurai, plus tard,
Réparer à Paris cet échec du départ....
(*Haut.*)   (*A Fernand et à de Bainc.*)
Adieu donc... Mais je sais me venger d'un outrage,
Et je provoquerai, messieurs, votre courage...
Ne quittez pas encor, j'y consens, ce château,
Mais nous nous reverrons à Paris... — A bientôt!

                                      (*Il s'éloigne.*)

Scène VII.

FERNAND, DE BAINE, EDGAR.

FERNAND.

Un duel!... l'imbécile!

DE BAINE.

Il faut le laisser faire :
C'est un bon déjeuner qui dénouera l'affaire.

EDGAR, *à part.*

A quel danger ma femme échappe!... Mais c'est moi
Qui l'offense : il n'est point de danger pour sa foi...

Scène VIII.

FERNAND, DE BAINE , EDGAR , ALFRED, ADÈLE.

ALFRED.

Il vous déplaît, messieurs, d'aller à la montagne :
Elle vient donc à vous...

ADÈLE, *d'un ton dégagé.*

L'adorable campagne !
J'ai vu tout, et j'ai tout admiré... C'est charmant!...

ɪDGAR, *contemplant Adèle, — à part.*

Oui, l'espoir était faux : ce front pur le dément.

ALFRED.

Et ma femme?

FERNAND.

Chez elle, elle s'est retirée.

ALFRED.

Et ce cher Saint-Julien ?

EDGAɪ.

Sa malle est préparée.

ALFRED, *étonné.*

Sa malle préparée?...

EDGAR.

Il va partir...

ALFRED.

Si tôt?

Quelle cause...

EDGAR, *remettant le billet à Alfred.*

Lisez, à votre tour, ce mot.

ALFRED, *après avoir lu.*

Un aveu...

EDGAR, *bas, à Alfred.*

Qui mettait entre nous la distance,

(Reprenant le billet et le déchirant.)
Et dont il faut tirer cette seule vengeance.

ALFRED.

(A Edgar.)   *(Regardant Adèle.)*
La distance entre vous!... c'était donc...

EDGAR.

Brisons là...
Et de grâce, messieurs, oublions tout cela.

ALFRED, *péniblement absorbé, — à part.*

De l'espoir!... j'ai bien lu... L'ingrate! la coquette!
Il lui fallait doubler sa facile conquête!...
C'est odieux!...

ADÈLE.

Rentrons, messieurs, pour le dîner
Que dans quelques instants nous entendrons sonner...
J'ai ma toilette à faire...

FERNAND, *à Adèle.*

En prescrivant les nôtres...

(Fernand, de Baine, Edgar et Adèle s'éloignent.)

Scène IX.

ALFRED, SEUL.

O femmes! voilà bien quels serments sont les vôtres...

Vous les foulez aux pieds!... C'est trop peu d'un mari
Dont le nom est souillé, dont le front est flétri,
Il vous faut un amant — victime, ô courtisanes!
De vos baisers lascifs, de vos amours profanes!...
L'insensé vous immole un devoir, un honneur...
Et l'affreux sacrifice a pour prix le bonheur
D'un rival!!.. Mais le coup m'éclaire sur moi-même...
N'est-il pas une femme, une épouse qui m'aime...
Elle pleure parfois... et je ris de ses pleurs...
Ne peut-elle venger à la fin ses douleurs?...
Ami, je trompe bien... ne puis-je être victime
Aussi, moi, d'un ami, d'un camarade intime?...
Et je serais flétri comme j'ai trop flétri!...
Amant trahi, sauvons l'infidèle mari...
Voyons Laure, et tâchons d'oublier auprès d'elle
Les lâches faussetés de son amie Adèle...

ACTE QUATRIÈME.

Chambre à coucher de Laure. — Porte principale au fond.
Portes latérales.

Scène Ire.

LAURE, SEULE, *assise et pensive.*

Oui, je lui dirai tout, et par ma confidence
Je pourrai racheter ma coupable imprudence.
C'est à lui, mon mari, c'est à lui d'écarter
Le visible danger que j'osais affronter.
L'homme qui nous poursuit est si prompt à se croire,
S'il a pu nous troubler, voisin de la victoire...
Quelle victoire, ô ciel ! la honte, le regret,
Le remords, le chagrin, le désespoir secret !...
Oh ! je devais rester noblement impassible,
Comme un autre déjà m'avait vue inflexible...
Mais l'un n'ouvrait mon cœur qu'à la répulsion...

L'autre avait je ne sais quelle séduction :
J'étais, en l'écoutant, émue et fascinée,
Et me sentais vers lui sans défense entraînée...
Mais l'ignoble action d'un prétendu rival,
Mais l'austère tableau d'un dénoûment fatal,
Tout m'a rendu la force, et je me sens renaître
Au calme que j'allais, hélas! ne plus connaître..
    (*Ecoutant.*)
On vient... c'est mon mari, c'est son pas...

    (*Voyant entrer Alfred, — avec contentement et comme
    soulagée.*)

                      Oui, c'est lui...

Scène II.

ALFRED, LAURE.

ALFRED, *avec bonté, à Laure, qui reste assise et recueillie.*

Eh bien, qu'avez-vous donc?

            LAURE.

            Un inquiet ennui.

       ALFRED, *avec intérêt.*

De l'ennui?

            LAURE.

      J'ai quitté vos amis tout à l'heure,
Et suis rentrée ici... Vous le savez, je pleure

Quelquefois sans motif... Quelquefois sans raison
Je limite à ces murs mon morose horizon.

ALFRED.

Pourquoi cette douleur? pourquoi ces vaines larmes
Qui, d'un reflet pénible, assombrissent vos charmes?

LAURE, *surprise.*

Un compliment, monsieur?... de l'attendrissement!...

ALFRED, *s'asseyant auprès de Laure.*

Pourriez-vous donc douter de mon attachement?

LAURE.

Mais vous avez souvent autorisé ce doute...

ALFRED.

Eh bien! qu'il se dissipe... Écoutez-moi...

LAURE.

J'écoute.

ALFRED, *prenant avec affection les mains de Laure.*

Laure, vous êtes belle... et vos rares bontés
Ont tendu constamment à mes félicités.
Mais du bonheur lui-même, hélas! on se fatigue :
On veut l'émotion, on recherche l'intrigue...
On se perd !... et l'on perd avec soi celle-là
Qu'en maîtrisant son cœur la loi nous immola...
C'est affreux !... mais la tête est en proie au vertige !...

11

Mais l'on cède sans force au charme du prestige !...
On marche dans la route où l'on s'est égaré...
Et de chagrins bientôt l'on se sent déchiré...
La femme qui forçait à subir son empire...

> *(Émotion pénible de Laure.)*

Et voilait à nos yeux la femme... qui soupire...
Nous apparaît enfin dans sa réalité...
Et nous sondons l'abîme où le pied s'est heurté...
Nous glissions... mais soudain nous remontons la pente...

> *(S'inclinant.)*

Et pour que le coupable à genoux se repente,
Il voit la noble femme — heureuse de l'aimer...
Et fidèle à ce nœud qu'elle a daigné former...
— Oh ! pardon : je reviens auprès de vous, ma Laure,
Pour le nouveau bonheur que vous ferez éclore...

LAURE.

Après notre entretien si différent tantôt,
Je ne sais que penser, je l'avoue... ou plutôt

> *(Cédant avec anxiété à une pensée soudaine.)*

Je dois croire... mon Dieu ! serait-ce donc Adèle...

ALFRED.

Parlez-moi de l'amour qui m'est resté fidèle...

LAURE.

Mon amour, dites-vous ?... et ma fidélité ?
Eh bien ! vous entendrez aussi la vérité...

ALFRED, *avec terreur.*

Quoi !...

LAURE , *avec dignité.*

Supposeriez-vous...

ALFRED , *maîtrisant mal son inquiétude.*

Non... mais parlez, de grâce !

LAURE.

C'est un simple péril qu'il faut que je retrace...
J'allais m'ouvrir à vous quand vous êtes venu ;
Et sans rien m'avouer, vous auriez tout connu...
Un de vos bons amis, appelé par vous-même,
Une nouvelle fois m'a déclaré qu'il m'aime :
Une nouvelle fois j'ai repoussé ses vœux...
Mais je dois être ici franche dans mes aveux...
J'étais auprès de vous si souvent isolée ;
J'étais auprès de vous si souvent désolée,
Que je rêvais... mon Dieu !.. l'émotion aussi...
Je rêvais une joie au risque du souci !...
Je rêvais, en un mot, la vie !... Et dans mon âme
Naissait, vous le dirai-je? une naïve flamme...
Mais j'ai vu le danger, et j'ai su m'arrêter...
Feu naïf, désir vague, oui j'ai su tout dompter :
Je me présente à vous, digne encore, encor pure...
Et si vous partagez l'amour que je vous jure,
Alfred, nous goûterons cet intime bonheur
Qu'accroît la paix de l'âme et rehausse l'honneur !...

ALFRED.

Oui, le ciel m'inspirait... il sauve les victimes
Qui creusaient toutes deux sourdement leurs abîmes !...
Aimons-nous... oublions tout ce qui s'est passé,
Et par notre avenir réparons le passé.
Le danger devenait imminent : il s'efface,
Et la sécurité désormais le remplace...
Mais dites-moi quel est cet ami... généreux
Qui, flétrissant mon nom, prétendait être heureux ?...

LAURE.

Monsieur Saint-Julien.

ALFRED.

Lui !... mais votre amie Adèle
Le voyait à ses pieds ardemment épris d'elle...

LAURE, *souriant.*

Il jurait cependant le plus vrai des amours...

ALFRED.

C'est la loi du succès : l'homme jure toujours...
 (*Se laissant aller à son indignation, — à lui-même.*)
Saint-Julien !... ô le fourbe !... ô l'amitié traîtresse !...
Il convoitait l'épouse en volant la maîtresse !...

LAURE, *stupéfaite.*

Il est donc vrai, c'est elle !

ALFRED, *revenu à lui.*

Eh quoi ! qu'ai-je donc dit?

LAURE, *à elle-même.*

Ce doux nom d'amitié doit-il être maudit?
Partout il est la ruse, il est le stratagème :
C'est pour mieux nous tromper qu'on dit que l'on nous aime !...
Adèle !... oh ! j'aurais dû le deviner : son cœur
Sur tous les sentiments lance son trait moqueur...
Adèle !... oh ! je comprends : lors de ma maladie,
Ses soins favorisaient sa lâche perfidie...
C'est depuis que, toujours seule, j'ai tant gémi !...
C'est depuis... Oh ! mieux vaut un sincère ennemi :
L'on s'en garde, du moins; on s'arme de prudence.
Mais l'ami ! qu'opposer à sa sourde impudence?
Il s'assied au foyer pour le contaminer!
Il s'unit à nos jours pour les empoisonner !...
     (*A Alfred.*)
Oh ! chassons-le : vivons dans notre solitude
Que ne souillera pas, du moins, l'ingratitude...
Vivons seuls : vivons deux entre l'amour et Dieu...
Disons aux importuns un éternel adieu...
Et commençons...

ALFRED, *interrompant.*

Déjà Saint-Julien part...

LAURE.

> Adèle
>
> Doit s'éloigner aussi : je l'exigerai d'elle.

ALFRED.

> Non... point d'éclat... Edgar, son mari, pourrait...

LAURE.

> Non,
>
> Je n'éveillerai pas un périlleux soupçon.
> Je puis, je vous l'ai dit, me déclarer malade,
> Et le docteur soumis me conseillera Bade...
> Comprenez-vous pourquoi je voulais voyager ?
> Devais-je, sans appui, me livrer au danger ?

ALFRED.

> Oh ! merci !... vous prouvez votre affection vraie.
> Il n'est plus de danger qui près de vous m'effraie...
> Seulement, je tiendrai les amis à l'écart,
> Et je veux bien aider à leur brusque départ.
> Mais ne reprochez rien à votre amie Adèle :
> Par un pardon muet, Laure, vengez-vous d'elle.

LAURE.

> J'entends venir...
>
> *(D'un ton léger et avec un peu d'impatience.)*
> C'est bien...

ALFRED.

> Je veux que Saint-Julien

Sache que, grâce à vous, je n'ignore plus rien,
Et je lui vais écrire en l'invitant moi-même
A transporter ailleurs son amitié... suprême...

(Il sort par la gauche.)

Scène III.

LAURE, puis ADÈLE.

LAURE, *seule* (*toujours assise*).

Adèle!... j'ose encore en douter... Tous les deux
Porter sous mes regards un masque si hideux!...
Elle et lui!... Qu'il soit, lui, sincère en sa parole,
J'oublierai tout... Mais, elle!... oh! non! je serais folle...
Ni pardon ni pitié pour cette...

(Voyant entrer Adèle).
Ah! la voici...

ADÈLE, *entrant par le fond.*

Eh! pourquoi donc t'es-tu réfugiée ici?
Tu brillais par l'absence à notre promenade...
Souffres-tu?... serais-tu, chère Laure, malade?

LAURE, *appuyant avec intention sur chaque mot.*

Et si ta chère Laure était malade encor,
Tu lui prodiguerais les soins de ton cœur d'or?...

ADÈLE, *étonnée.*

Quel langage et quel ton!...

LAURE, *poursuivant sur le même ton.*

Et portant à sa lèvre
Le breuvage calmant nécessaire à sa fièvre,
Tu t'exalterais, toi, sous la bouillante ardeur
D'une autre fièvre?...

ADÈLE, *s'efforçant de garder son assurance.*

Moi!...

LAURE, *se levant et prenant fiévreusement la main d'Adèle.*

Modèle de pudeur,
Modèle d'amitié; — du dévoûment, modèle!
Oui, je bénis le sort qui me donne une Adèle!

ADÈLE, *toujours calme.*

Ce sourire contraint...

LAURE, *abandonnant la main d'Adèle, et comprimant
par l'ironie son indignation.*

Ah! je ris forcément...
Tu te trompes, regarde...

(*Riant convulsivement.*)

Oui, vois : je ris gaîment...
Je suis gaie!... et j'éprouve une joie indicible
A te dire combien ton amie est sensible
A toutes tes bontés, à ce signe certain
D'une amitié... qui vit l'espace d'un matin...

ADÈLE.

Mais mon affection ne peut être éphémère...

LAURE, *éclatant par degrés.*

Que tu prononces bien cette ironie amère !...
Redis-la, car je veux l'entendre répéter...
Ah ! tu baisses les yeux... Ose donc les porter
Sur mes yeux où se lit le secret de mon âme...

ADÈLE, *cherchant encore à surmonter son trouble.*

Un secret...

LAURE, *avec une indignation croissante.*

Sais-tu bien comment l'on est infâme?
On est infâme alors qu'on farde l'amitié
Du vernis imposteur d'une tendre pitié !
On est infâme alors qu'au chevet d'une amie
On substitue une âme à son âme endormie !
On est infâme alors que l'on serre une main
Qu'elle ne pourra plus serrer le lendemain !
On est infâme alors qu'on ravit à l'épouse
L'homme qu'elle s'est joint... et dont elle est jalouse !
On est infâme alors que l'on prend tour à tour
L'affection de l'une, et de l'autre l'amour !

> (*Adèle tremble et pâlit; peu à peu elle s'affaisse,
> et se trouve à genoux, aux pieds de Laure, à
> la fin de cette apostrophe.*)

On est infâme alors qu'on porte sa visite
Chez celle que l'on trompe... et qui sans crainte invite !

On est infâme alors que, décevant l'amant,
On le force à rougir de son égarement !
On est infâme alors qu'on l'entraîne à tout dire !
On est infâme alors que l'on se fait maudire !!

ADÈLE, *à genoux, confondue, pleurant, désespérée.*

Grâce !... grâce !... pitié !...

LAURE, *relevant Adèle.*

Mais vous allez partir !
Et disposée à croire à votre repentir,
Oui, je vous sauverai d'un courroux indomptable,
En ne divulguant point le crime épouvantable.
Mais aussi point un mot qui me puisse irriter,
Ou je saurai punir en sachant détester !...

Scène IV.

EDGAR, LAURE, ADÈLE.

LAURE, *voyant entrer Edgar.*

Ah ! c'est vous, cher baron... Je prévenais Adèle
Qu'un départ pour les Eaux m'allait séparer d'elle...
Elle en est affligée...

EDGAR.

Eh quoi ! seriez-vous...

LAURE.

Oui,
Le mal que mon docteur croyait évanoui,

S'est réveillé tantôt, et le même remède
Doit être pris : je pars demain...

EDGAR.

Mais j'intercède
Pour que ma femme... et moi... vous accompagnions...

ADÈLE.

Non : j'irai chez ma mère...

EDGAR.

Où nous nous ennuyons
A périr : un notaire, un vieux prêtre, un vieux maire,
Voilà le monde gai de madame ta mère...
Point un bon camarade, un ami...

LAURE.

Hâtez-vous :
Courez vers ce séjour, paradis des époux !...

EDGAR.

Hein !...

ADÈLE, *à Edgar.*

Venez disposer le départ...

EDGAR, *à Adèle.*

Quoi ! si vite !
Non : un dernier repas clora notre visite...

ADÈLE.

J'ai la migraine, et vais me retirer chez moi...
Je ne dînerai pas...

EDGAR, *à Adèle.*

Je dînerai pour toi...

Et pour moi...

ADÈLE, *se retirant, à Laure.*

Tu permets ?...

LAURE.

Moi-même indisposée,

Je veux rester ici...

ADÈLE, *à part.*

Suis-je assez écrasée ?

L'ingrat !
(*Haut, à Laure.*)
A demain...

LAURE.

Oui.
(*Adèle sort par le fond.*)

Scène V.

EDGAR, LAURE.

EDGAR, *à part.*

Bon ! nous voilà garçons,

Et nous ferons sauter librement les bouchons !

LAURE.

Le parti que j'ai pris peut paraître sans gêne?

EDGAR.

Entre amis!... C'est surtout le motif qui me peine...
Mais la santé commande...

LAURE.

Et vous me pardonnez ?

EDGAR.

Oui, mais vous nous direz quelque jour : revenez...
Et nous vous reviendrons avec bonheur, madame...
Pourvu que je sois sûr d'éviter à ma femme
La présence d'un fat, — superbe impertinent
Que vient heureusement de démasquer Fernand.

LAURE.

Monsieur Fernand?...

EDGAR.

C'est lui qui, saisissant sa lettre,
M'a permis de confondre et d'expul-er le traître.

LAURE.

Une lettre ?

EDGAR.

Une lettre où, trompant l'amitié,
Il demandait l'amour sous le nom de pitié.

12

LAURE.

Mais à qui cette lettre était-elle adressée ?

EDGAR.

A ma femme...

LAURE.

Et qui fonde une telle pensée?

EDGAR.

Lui-même a reconnu son audace...

LAURE.

Avez-vous
Fait lire à votre femme...

EDGAR.

Un pareil billet doux ?...
Non, certes!... Dieu m'en garde!... il faut de la prudence
Même quand il s'agit de folle outrecuidance :
La femme la plus pure est prompte à s'attendrir
Si l'on parle des maux que l'amour fait souffrir...
Et le monde devrait l'annoncer à voix haute,
La pitié d'une femme est un pas vers la faute!...

LAURE.

C'est trop vrai, bien souvent... Et peut-être avez-vous
Témoigné contre Adèle un sentiment jaloux?

EDGAR.

En la questionnant, j'ai conquis l'assurance
Que, loin d'avoir donné l'ombre d'une espérance,
Elle ignore l'amour qu'elle fait éprouver.

LAURE.

Oui, tranquillisez-vous... et veuillez préserver
Adèle du soupçon à l'endroit de la lettre :
C'est à moi que l'auteur espérait la remettre.

EDGAR.

A vous?

LAURE.

Alfred sait tout... Lui-même, maintenant,
Chasse par un billet le fat impertinent :
Votre sage justice a devancé la sienne,
Et l'offense adressée, en un mot, est la mienne.

EDGAR.

Dieu soit loué !.. j'avais peur... de je ne sais quoi,
Et la sécurité, grâce à vous, rentre en moi...

Scène VI.

EDGAR, ALFRED, LAURE.

ALFRED.

Il a l'épître... et va fuir d'ici...

EDGAR.

Bon ! qu'il parte !
Et que de nos salons ce digne ami s'écarte...
Je sais comment, mon cher, il voulait vous prouver
L'amitié que pour vous il disait éprouver.
Ce n'était pas ma femme à qui ce misérable
Adressait son aveu d'un amour exécrable :
C'était la vôtre...

ALFRED, *étonné.*

Laure ?

EDGAR , *avec bonhomie.*

Oui, vous le savez bien...
Il s'accusait à tort d'attenter à mon bien.
Son motif devait être une nouvelle ruse :
Le soupçon détourné par sa menteuse excuse
Facilitait son choix d'un plus propice instant
Pour tenter le succès de son but insultant...
Il est puni... Bravo !... Mais j'ai, par une crainte,
Aux vertus de ma femme osé porter atteinte,
Et je dois demander mon pardon... Permettez
Que j'aille réclamer, en effet, ses bontés...
Il me faut avouer mes torts à mon Adèle,
Des femmes de ce monde édifiant modèle !

(*Il sort par le fond.*)

Scène VII.

ALFRED, LAURE.

LAURE, *à elle-même.*

Que de maris pareils !

ALFRED, *pensif, à part.*

Il n'était point aimé...
Et j'ai...

LAURE.

Dans quels pensers êtes-vous abîmé ?
Regrettez-vous déjà..

ALFRED, *secouant ses idées.*

Non, non, ma bonne Laure...
De jours riants pour nous je vois lever l'aurore...
Je vous reste, et je veux vous donner un mari
Contre un prestige faux désormais aguerri...
Sous un calme horizon l'Illusion égare,
Et ce sont des regrets que la folle prépare !
Le tourment suit l'hymen qui n'est pas respecté :
Pour un amour heureux il faut la liberté !

LAURE.

Il faut — pour le bonheur — la légitime attache,
Et le baiser sans peur sur notre front sans tache.

12.

ALFRED.

Et vous me réservez ce pur embrassement?

LAURE.

S'il nous aime, un mari nous sauve d'un amant.

ALFRED, *avec expansion.*

Oh ! vous serez aimée...

LAURE, *présentant sa main à Alfred.*

Ainsi plus de divorce?

ALFRED, *baisant amoureusement la main de Laure.*

Non : je veux, au contraire, à nos nœuds plus de force...

Scène VIII et dernière.

ALFRED, FERNAND, DE BAINE, LAURE.

FERNAND, *voyant le baiser d'Alfred.*

Pardon... nous arrivons inopportunément ?...
Nul valet...

LAURE, *à Fernand.*

Vous entrez, monsieur, au bon moment :
Ami de mon mari, vous pouvez voir vous-même
S'il est vrai que son cœur ..

FERNAND, *vivement.*

Oh ! je sais qu'il vous aime...
Mais, madame, on vous dit souffrante, et nous venons
Savoir...

ALFRED, *riant.*

Tu viens, mon cher, savoir si nous dînons...

FERNAND.

Le fait est, j'en conviens, que le moment approche.

ALFRED.

Sois patient : bientôt retentira la cloche.

LAURE.

Vous devriez, Alfred, dire à monsieur Fernand
Que nous partons demain...

ALFRED, *souriant.*

Il le sait maintenant...
Oui, ma femme est souffrante, et nous allons à Bade...

DE BAINE, *à part.*

C'est sans cérémonie...

ALFRED, *pressant la main de Fernand.*

Et mon bon camarade
Nous pardonnera...

FERNAND, *dissimulant son désappointement.*
Certe...

ALFRED, *à de Baine.*

Et monsieur voudra bien
Nous excuser aussi...

DE BAINE.

Comment donc...

FERNAND, *bas à Alfred.*

Saint-Julien
Monte en voiture...

ALFRED, *avec impatience.*

Bon !

FERNAND, *bas à Alfred.*

Je suis content qu'il parte...
Mais il part en lançant sa flèche comme un Parthe :
Il rit, mon cher ami, de ta crédulité :
C'est ta femme...

ALFRED.

Je sais toute la vérité...

FERNAND.

Et tu rompras...

ALFRED.

C'est fait...

FERNAND, *à part, avec satisfaction.*

Bien ! —

LAURE, *à Alfred.*

Dans sa confidence,
Monsieur vous parle-t-il d'une basse impudence ?

ALFRED.

Il me dit que c'est vous que Saint-Julien...

LAURE.

Mais lui
Ne se souvient-il plus des aveux d'aujourd'hui ?

FERNAND.

Madame, croyez bien...

LAURE.

Je crois qu'il est un masque
A déchirer encore... Et moi, je vous démasque !...
Ce billet égaré pouvait m'être remis.,
A quel prix ?... répondez, ô type des amis!
N'avez-vous pas jeté sur mon mari l'injure ?
N'avez-vous pas rêvé pour moi la flétrissure ?...
J'ai fermé votre bouche avec mes froids mépris,
Et je n'ai point gagné votre cynique prix,
Et vous avez montré la lettre déplorable,
Et vous vous êtes fait doublement misérable !...

FERNAND.

Mais...

LAURE.

Je voulais tout dire avant ce dénoûment :

Je ne sais pas, monsieur, agir, moi, lâchement !

FERNAND, *interdit.*

Madame...

ALFRED, *à Fernand, avec énergie.*

Taisez-vous !... Quittez cette demeure...
(*A lui-même.*)   (*A Fernand, avec plus de force.*)
Dupe ou traître, voilà l'ami !... Partez sur l'heure !

FERNAND, *à Alfred.*

Je dois..

ALFRED.

Pas un mot !

FERNAND, *se résignant.*

Bien...

DE BAINE, *à lui-même.*

J'étais sa dupe aussi...

FERNAND.

Adieu donc...
(*Fernand se retire, mais attend au fond du théâtre la
sortie de de Baine.*)

ALFRED, *à de Baine.*

Vous, monsieur, veuillez rester ici...
Devenez notre ami...

DE BAINE, *avec effroi.*

Votre ami !... Non, par grâce !
Contre ce nom si beau mon âme se cuirasse :
Il faut trop de vertus pour le savoir porter,

Et je ne me sens pas propre à le mériter
D'ailleurs, si quelquefois il nous est favorable,

(Souriant.)

Quelquefois il nous est... très-préjudiciable...
Et tout pesé, je tiens au titre d'étranger.
Et si plus tard encor vous daignez m'engager,
Que ce soit l'étranger aussi lui qui m'accueille :
Ce nom, fêté toujours, est le seul que je veuille.

ALFRED.

Soit !... mais nous vous aurons à dîner quelquefois
Quand nous retournerons à Paris, dans six mois ?

DE BAINE.

(Appuyant.)

L'étranger volontiers sera votre convive.

ALFRED.

A Paris donc...

DE BAINE, *saluant et se retirant.*

Adieu...

(Frappant sur l'épaule de Fernand qu'il rencontre au fond du théâtre.)

Voilà l'amitié vive !

FERNAND, *à de Baine.*

Quoi ! vous aussi partez...

DE BAINE, *confidentiellement, à Fernand.*

Entre nous, j'ai frémi :
Il allait, je le crois, me traiter en ami !...

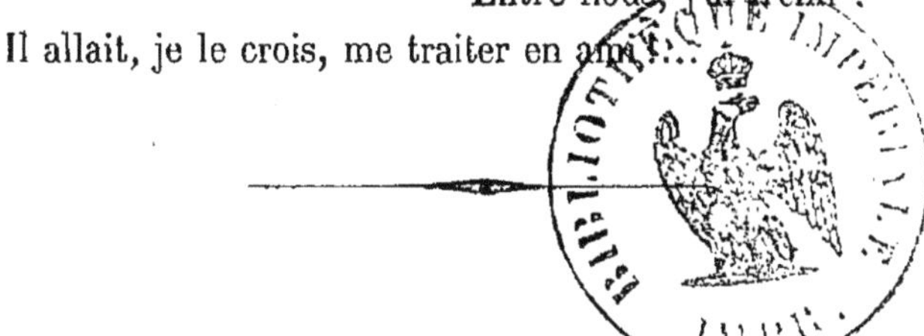

TABLE.

Paris. — Imprimerie française et espagnole de Dubuisson et Cie,
rue Coq-Héron. 5.